Keff Vidala

Bis die Liebe uns findet

Teil 2

Nach einer wahren Begebenheit

KEFF VIDALA

BIS DIE LIEBE UNS FINDET
TEIL 2

NACH EINER WAHREN BEGEBENHEIT

Keff Vidala wurde in Kinshasa (Demokratischen Republik Kongo) geboren und lebt zurzeit in Stuttgart. Schon im sehr jungen Alter schrieb er poetische Texte und Gedichte. Er arbeitet aktuell an seinem dritten Buch.

instagram.com/keffvidala

facebook.de/keffvidala

info@keffvidala.de

Deutschsprachige Erstausgabe August 2017

Covergestaltung und Satz:
Wolkenart - Marie-Katharina Wölk
www.wolkenart.com
Fotos: FTGR Fotodesign, www.ftgrf.de, Fotolia.de
Lektorat: Cindy Thomas
Herstellung und Verlag: BoD-Books on Demand, Norderstedt
ISBN: 978-3-744801-49-2
1. Auflage

Weil die Liebe mich erniedrigte,
mein Herz vergiftete,
war ich der, der um sein Herz herum
eine Mauer errichtete.

-Keff Vidala-

Vorwort

Wir kennen uns nicht.

Ich kenne deinen Namen nicht. Ich kenne weder deine Nationalität, deine Religion noch deine Kultur. Aber genau dich meine ich, du, der in der Bahn, im Bett, im Café, im Wohnzimmer sitzt oder liegt und die ersten Buchseiten aufgeschlagen hat.

Danke dir für dein erneutes Vertrauen, dass du zum zweiten Mal diese Schritte mit mir gehst. Mit jedem Wort, was du hier liest, nimmst du eine Menge Schmerz von mir und gibst mir wieder ein Stück Hoffnung zurück. Es klingt vielleicht komisch oder mehr noch – unglaubwürdig. Aber wenn das erste Buch dein Leid erträglicher gemacht hat, hat es auch ein Stück meins erträglicher gemacht. Wenn es dir Hoffnung gegeben hat, hat es mir ein Stück Hoffnung gegeben.

Somit sind wir, wenn du jedes Mal das Buch aufschlägst, miteinander verbunden. Ich teile mit dir intime Gedanken, Wünsche und Ängste, Dinge, die keiner veröffentlichen, sagen oder schreiben würde. Denn das, was du in den Händen hältst, ist mein Schmerz, meine Trauer, meine Hoffnung, meine Liebe, mein Leben.

Glaubst du die Worte, die ich dir sage?
Vertraust du mir?

Was Leiden angeht, glaube ich, habe ich alles durchlebt.

Stellenweise sehe ich es als Erfahrung, als Karma, vielleicht auch als beides. Es kommt mir vor, als hätte der Kummer mich ausgesucht – sein spezieller Kandidat. Mein Schmerz, den ich tief in mir hatte, wurde erst durch das Schreiben erträglicher. Das Schreiben war mehr als nur eine Therapie. Es war meine Rettung, meine Hilfe, nach Aaliyahs Weggang zu überleben.

Es stimmt, dass die Zeit Wunden heilt. Ja, sie heilen, auch wenn wir das Gefühl haben, die Zeit läuft manchmal rückwärts. Denn aus Hoffnungslosigkeit und Trauer schrieb ich diese Geschichte, um dir zu sagen, dass Schmerz und Trauer in unserem Leben dazugehören. Und ich vermag sogar zu behaupten, dass Schmerz und Trauer essentiell für unser Leben sind. Denn wurden wir nicht durch Schmerz im Herzen und Trauer in der Seele stärker, erfahrener? Wurden wir nicht sogar zu besseren Menschen?

Anstatt zu sagen, das Leben ist unfair zu mir, klatsche in die Hände und sage, Gott sei Dank, denn diese schlechte Erfahrung, dieser Schmerz ließ mich reifen.

Glaubst du die Worte, die ich dir sage?
Vertraust du mir?

Die zweite Geschichte wird euch innerlich quälen, ihr werdet an manchen Stellen geschockt sein. Es wird aber auch wunderschöne Momente haben und euch an manchen Stellen zum Schmunzeln oder Lachen bringen.

In dieser Geschichte wird es nicht nur um Leyla

gehen. Ich werde etwas erzählen, was ich in meinem Herzen tief vergraben hatte, und heute, ja, heute, egal wie schmerzhaft es sein wird, werde ich es rausholen.

Es ist wichtig, dass du nicht gedankenlos liest. Dieses Buch hat viele Geheimnisse. Jedes Kapitel beinhaltet einen Code für eine geheime Botschaft, also lies zwischen den Zeilen.

Ich bin jetzt Buchautor geworden, Aaliyah. Du hast immer zu mir gesagt, ich werde eines Tages glücklich werden, aber bis heute wurde ich es nie. Diese Welt ist nicht mehr die, die du verlassen hast, Aaliyah. Das Betrügen und Belügen unter den Menschen ist stärker geworden. Der Hass und Neid untereinander wächst ebenso wie das Leid.

Glaubst du die Worte, die ich dir sage?
Vertraust du mir?

Die Geschichte mit Leyla hat meine Seele zerbrochen und vielleicht, ja, vielleicht hat es aber auch mein Herz gerettet. Eines Tages wirst du mich glücklich sehen, vielleicht nie auf dieser Erde. Vielleicht, wenn Gott mir meine Seele nimmt, dann erst werde ich wirklich glücklich sein.

Aber solange ich noch da bin, werde ich durch das Schreiben Stärke schenken. Ich möchte euch weg von den falschen Gedanken bringen, die euch Medien und Freunde geben, dass du nur wirklich glücklich sein kannst, wenn du einen Mann hast, der dich so liebt wie du bist. Dass du nur wirklich glücklich sein kannst, wenn du eine Frau hast, die dich so liebt wie du bist.

Ich will dir mit diesem Buch das Gegenteil zeigen, denn die stärkste Liebe auf dieser Welt ist nicht zwischen Mann und Frau. Die stärkste Liebe ist zwischen Mensch und Gott.

Ich – mit meinen Büchern – möchte denen Kraft geben, die sich nicht verstanden fühlen. Ich will denen Kraft geben, die betrogen und im Stich gelassen worden sind. Ich will denen Kraft geben, die nach Gott und Gerechtigkeit suchen. Ich will denen Kraft geben, die eine Person verloren haben. Ich will letztendlich denen Kraft geben, die arm sind, arm im Herzen und in der Seele.

Und nun, wenn du bereit bist, schlage die nächste Seite auf und gehe durch die Tür zurück in meine Vergangenheit ...

Glaubst du die Worte, die ich dir sage?
Vertraust du mir?

Kapitel 1

Was ist Hass?

***

Als ich deinen leblosen Körper im Krankenhaus gesehen hatte, an diesem Tag habe ich aufgehört zu leben.

***

Tod

Endlich stand ich da vorne. Ich hatte vor Nervosität ganz feuchte Hände und versuchte, das Problem, indem ich an meiner Chino-Hose rieb, in den Griff zu bekommen. Jedes Mal, wenn ich einen Blick nach oben geworfen hatte, blendeten mich die Scheinwerfer. Ich probierte, mich so gut wie es geht zu konzentrieren. *Ich musste es tun. Ich musste es einfach tun, das habe ich ihr versprochen.*

„Keff Vidala, ein junger Mann aus Essen. Es ist übrigens seine zweite Teilnahme an einem Poetry Slam. Bitte ein riesen Applaus!“ Die Menge klatschte und das machte mich noch nervöser. *Scheiße. Scheiße, was ist, wenn ich eine Zeile vergesse? Warum kam ich nur auf so eine Scheiß-Idee?* Ich ohrfeigte mich innerlich selbst.

Der Vorhang ging auf und da stand ich vor ungefähr zweihundert Zuschauern, bestehend aus Studenten, Intellektuellen, Dichtern, Denkern und irgendwelchen Instagram-Poeten. Dazwischen ich mit meinem billigen Text.

Es wird sowieso ein riesen Fail werden, dachte ich mir.

Die Halle wurde leiser, einzelne Husten-Geräusche durchzogen den Saal. In meinen Händen hielt ich endlich den Text, woran ich zwei Wochen gearbeitet hatte. Ich wusste weder, ob es grammatikalisch richtig geschrieben war, noch, ob es Poesie, ein Gedicht oder Lyrik war. Es hatte mich auch wenig interessiert. Ich schrieb das, was ich fühlte, das, was ich eigentlich schon immer tat.

Ich schaute nochmals nervös in die Menge und faltete die Blätter auseinander. Ein Knistern durchzog den Raum. Erneut suchte ich die Blicke, sah nach vorne und entdeckte sie. Sie saß links in der Mitte und winkte mir zu.

Sie ist gekommen, beide sind gekommen. Sie hat ihr Versprechen gehalten. Ich freute mich über diesen Anblick. Ich durfte beide noch einmal sehen, bevor ihr Flieger wieder starten sollte, zurück in ihre Heimat.

In der Stille kamen plötzlich Erinnerungen hoch. Erst waren es nur kurze Momente, verschwommene Bilder, doch während der nächsten Sekunden baute sich das Ganze wie ein Haus auf. Meine Gedanken flogen weiter in der Zeit zurück, Bilder in meinem Kopf wurden klarer und klarer, bis ich in meinem Wohnzimmer stand.

Essen City (Nordrhein-Westfalen)

Eine zarte Hand berührte meinen Nacken. Ich zuckte zusammen, als ein Kuss auf die Schulter folgte. Oberkörper frei stand ich im Wohnzimmer und hatte die Zeit um mich herum komplett vergessen. Es kam mir vor, als wäre ich aus einer tiefen Hypnose erwacht.

Die Nacht war regnerisch. Durch das Fenster konnte ich die Farben der Ampeln spielen sehen wie ein Konzert aus Grün, Gelb und Rot. Ab und zu rannten Teenager den Weg Richtung Essen Hauptbahnhof entlang. Trotz der Dunkelheit konnte man die Morgendämmerung erkennen.

„Keff, was ist los?“ Ihre Stimme war klar und deutlich.

„Ich war in Gedanken vertieft.“

„Woran denkst du?“, fragte die einfühlsame Stimme. Gleichzeitig legte sie ihr Kinn auf meine nackte Schulter.

„An vieles.“ Ich war verwundert, wie zerbrechlich ich diese Worte aussprach. Mit ruhigen Schritten entfernte sie sich von mir. Kurz darauf hörte ich, wie etwas mit Wasser gefüllt wurde. Sie kam mit einem besorgten Gesichtsausdruck zurück. „Hier, trink was.“ Tamara reichte mir das Glas und setzte sich nur mit Unterwäsche bestückt an die Sofakante. Sie schaute mir ins müde Gesicht. Was für eine liebevolle Frau, dachte ich mir nur. Ich lernte sie auf Instagram kennen. Sie, Stewardess aus Köln. Das hatte mich umso mehr gereizt. Na ja, welcher Mann bekommt die Chance, sich neben Anwältinnen und Krankenschwestern eine Flugbegleiterin klar zu machen?

„Du denkst an sie, oder?“

Ich schluckte schwer und traute mich nicht zu antworten.

„Das hab ich mir schon gedacht.“ Sie atmete genervt aus.

„Es tut mir leid“, antwortete ich ihr und versuchte, meine Emotionen in den Griff zu bekommen.

„Na ja, leidtun muss es dir nicht. Ich weiß, dass es sechs Monate sind. Es ist normal, dass du noch Gefühle für sie empfindest.“

Sie stand auf, stellte sich neben mich. Auch wenn ihre Nähe Unruhe in mir auslöste, versuchte ich, locker zu wirken.

„Es tut mir leid, Keff, aber ich habe das Gefühl, dass du nur mit mir schlafen willst. Jedes Mal, wenn ich dich umarmen will, bist du kalt zu mir. Ich sehe keine Freude in deinen Augen, nichts an Wärme, nur leere Blicke. Du gehst nie raus, nicht feiern und meidest Freunde, versuchst, dich mit belanglosen Dingen zu beschäftigen und schenkst deiner Trauer mehr Aufmerksamkeit als mir. Du unternimmst nichts mit mir, versuchst nicht ansatzweise, mich zu erobern, außer im Bett. Denkst du, ich merke es nicht? Was bin ich für dich, Keff? Nur ein Trostpflaster?“

Sie schaute mich total in Rage verfallen an. Ich versuchte, meine Emotionen zu ordnen, nahm einen kräftigen Schluck vom Wasser mit der Hoffnung, ernst zu klingen. Wie schon gedacht, scheiterte ich. Ich rappelte meine Stimme krampfhaft auf, bevor ich Ihr antworten wollte, jedoch sprachen schon die Augen. Ich wusste, dass sie fühlte, was ich zu sagen hatte, als sie zu Boden schaute.

„Ich brauche Zeit. Ich habe nicht mal Liebe für mich selbst.“ Tränen verließen meine Augen und ich versuchte, sie vor ihr zu verstecken.

„Ich dachte wirklich, du bist bereit für uns, für mich, aber das bist du nicht, Keff. Du bist für niemanden bereit, nicht mal für dein eigenes Leben. Ich verstehe nicht, warum du dich so quälst. Was hat sie dir angetan?“

„Du verstehst es nicht."

„Gib mir die Chance, es zu verstehen."

Ich wollte es nicht. In diesen Moment, wusste ich, dass dies der Zeitpunkt war, sie gehen zu lassen. Ich tat ihr nicht gut. Ich wollte es besser machen, besser als bei Alex. Ich wollte keine Spiele mehr spielen, keine Versprechungen mehr geben. An meiner Seite wird sie nie glücklich sein. „Wenn du gehen willst, dann geh."

Sie griff reflexartig nach meiner Hand, schaute mich für ein paar Sekunden an. „Das meinst du nicht ernst, oder?"

Ich schob sie leicht weg, bewegte mich Richtung Schlafzimmer und nahm Platz auf dem Bett. „Es ist mein absoluter Ernst. Wenn du gehen willst, geh. Vertraue mir, das wäre das Beste. Du wirst niemals mit mir glücklich sein."

Sie schaute mich fassungslos an, schüttelte verzweifelt den Kopf. Ich konnte viel Schmerz in ihren Augen erkennen. Dann kam sie zu mir ans Bett und nahm wütend mein Gesicht zwischen ihre Hände. „DU bist genau so ein Fuckboy wie die anderen Jungs! Du schreibst auf Instagram diese ganzen Liebessprüche, aber du selbst bist nicht besser als die Männer da draußen!" Sie gab mir eine Ohrfeige.

Ich reagierte nicht darauf. Langsam packte sie ihre Sachen in die Taschen in der Hoffnung, ich würde sie davon abhalten und sagen: „Bitte bleib." Ich drehte mich nur zur Seite und wartete, bis sie die Tür hinter sich zuzog. Ich hörte noch ihr Weinen, als sie im Flur stand. Es tat mir schon in der Seele weh, aber wie sollte ich sie lieben? Seit Monaten lebe ich nur noch, weil ich leben muss, nicht, weil ich es will. Wie sollte ich sie glücklich machen? Ich hätte es vorher beenden sollen.

Nachdem ich den Knall der Tür hörte, stand ich auf und ging ans Fenster. Der Regen hatte sich gelegt. Ich hob meinen Kopf und betrachtete gedankenlos das Licht des Mondes, das durch das Fenster ins Zimmer fiel. Das Bild von Aaliyah drängte sich in meine Gedanken. Hass, ein unglaublicher Hass, sammelte sich in mir. Ich hatte das Gefühl, gleich zu explodieren. „F*** dich dafür, dass du mich verlassen hast. Ich wünsche dir den Tod! Hoffentlich wird er qualvoll, so schmerzvoll, damit du fühlst, wie es sich für mich anfühlt, ohne dich leben zu müssen. Ich hasse dich!“

Mein Herz drückte sich zusammen und Hass legte sich wie ein Teppich auf die Seele. Ich ging zurück ins Bett und ließ mich fallen. Starr und leer blickte ich auf die Schlafzimmerdecke. Ich drehte mich mit einem Ruck auf die Seite und griff nach meinem Handy, das auf der Kommode lag. Ich hörte mir Aaliyahs alte Voice-Nachrichten an.

„Hey Keff, wir treffen uns um 15:00 Uhr am Dortmunder Hauptbahnhof.“

Die nächste Nachricht folgte.

„Hey Keff, ich komme doch um 15:30 Uhr. Meine Bahn verspätet sich.“

Ich wiederholte es immer wieder, jede Nacht, sechs verdammte Monate. Es war eine der letzten Möglichkeiten, ihre Stimme zu hören. Auch wenn es nur fünf Sekunden waren, für mich bedeuteten sie die Welt. Allein der Gedanke, irgendwann nicht mehr wissen zu können, wie Ihre Stimme klang, quälte mich. Ich wartete vergeblich auf ein Zeichen von Aaliyah, auf einen Brief oder eine Karte.

Die Monate waren eine Tortur. Ich versuchte, meine Schmerzen mit dem Schreiben von Texten zu verarbeiten. Am seltsamsten war es, dass ich nicht im Stande war, das Buch zu schreiben, was ich versprochen hatte. Immer, wenn ich anfing zu schreiben, tat es unendlich weh und ich musste abbrechen. Ich wusste nicht, wie und mit was ich anfangen sollte. Ich hatte begonnen, mich vor dem Leben zu fürchten, vor allem vor der Liebe. Meine Gedanken trieben mich in den Wahnsinn und je öfter ich daran dachte, umso mehr entfernte ich mich vom Leben. Allein war ich, jedenfalls fühlte ich mich so.

Geräusche aus dem Treppenhaus weckten mich aus meinem unruhigen Schlaf. Ich hörte, wie sich jemand der Wohnung nährte, kurz darauf klingelte es. *Wer reizt mich um 13:00 Uhr? Es ist viel zu früh für Besuch.* Ich schloss wieder meine Augen und zeigte null Interesse. Ich verschwendete keinen Gedanken daran, die Tür zu öffnen. Nach einigen Sekunden fing das Sturmklingeln an, scheinbar schien irgendwer Bescheid zu wissen, dass ich zu Hause war.

„JA! Ich komme schon." Ich quälte mich aus dem Bett. Bevor ich Richtung Wohnungstür lief, zog ich mir meine Jogginghose an. Man wusste ja nicht, wer sich vor der Tür postierte. Nicht vorauszuahnen standen Kelvin und Sebastian da.

„Lebst du noch?" Kelvin stürmte unaufgefordert in die Bude hinein.

Ich hatte absolut keine Laune für die zwei Chaoten. Hätte ich gewusst, dass die beiden vor der Tür standen, wäre sie nie geöffnet worden.

„Ach du Kacke, entweder war hier ein Gangbang mit fünf Frauen oder du fängst an, verrückt zu werden. Hast du schon bemerkt, wie scheiße deine Wohnung aussieht?"

Ich schaute mich um, aber fand den Anblick nicht schlimm. Vielleicht hatten sich aber auch nur meine Augen schon daran gewöhnt. „Chill mal, ich hatte zu tun."

„Zu tun? Du bist seit einem Monat arbeitslos und broke, Keff. Was machst du den ganzen Tag, Bro?" Sebastian musste sich das Lachen verkneifen.

Ich ging wütend in die Küche, um mir was zu essen zuzubereiten. Sebastian machte sich derweil Platz, indem er Klamotten von der Couch zur Seite schob. „Heute Abend sind wir mit drei Mädels in einem Düsseldorfer Restaurant verabredet. Wir wollen, dass du mitkommst."

„Dein Ernst?", antwortete ich mit einem Stück frisch geschmiertem Butterbrot in der Schnute, das nach dem Geschmack zu urteilen scheinbar angefangen hatte zu gammeln. Ich legte es heimlich auf meine Kommode.

„Wie ‚dein Ernst‘?“ Kelvin sah zu mir, als habe ich chinesisch geredet.

Ein Räuspern kam aus Sebastians Mund, um uns zu signalisieren, dass er uns was mitteilen möchte. „Wir waren lange nicht mehr zusammen draußen. Es würden uns freuen, Keff. Null Ahnung, was mit dir los ist. Wenn es wegen einem Mädel ist, scheiß auf sie. Das sind alles eh nur Bitches.“ Er schaute mich mit einer ernsten Mimik an, als hätte er eine Malcolm-X-ähnliche Rede gehalten.

„Woher willst du das denn wissen? Ihr redet so, als ob ihr nichts dafür könnt und dass die Frauen selber schuld sind.“

„Schau mal, Keff, ich werde dir jetzt mal was erklären.“ Kelvin hielt inne, um seine Gedanken zu ordnen. „Ich weiß, was du über uns denkst: Dass wir Frauen verarschen, das wir nur an das eine denken. Wir kennen deine Instagram-Posts, damit greifst du auch uns an. Du postest immer was gegen Männer. Männer sind nicht treu, Männer sind Lügner, Männer sind, egal was sie machen, schuld an der Beziehung. Frauen malen sich aus, dass Männer keinen Respekt mehr vor ihnen haben. Aber das sind solche Frauen, die gleichzeitig Fotos posten, wo man ihre Nippel sehen kann, die ihre Ärsche auf jedem Bild raustrecken und Hiphop-Künstlerinnen feiern, wo sie rappen: *Ich bin eine Bad Bitch, eine Hoe, und alle meine Freundinnen sind es auch.* Sie hören Musik, wo gesagt wird: *Ich fi*** diese billige Schlampe und hole mir morgen noch eine Schlampe. Ich habe* *so viele Schlampen und die sind dafür da, um meinen Sch*** in den Mund zu nehmen.* Und was machen die Frauen? Sie tanzen zu der Musik und rappen sogar mit.

Wie sollen wir Männer solche Frauen ernst nehmen? Heutzutage nennen sich Frauen selbst Bitches und Hoes. Wo ist der Respekt für sich selbst? Sie selbst nehmen sich nicht mehr ernst, sie selbst haben keine Ehre mehr, aber verlangen es von den Männern? Sie reden von A und machen aber B. Dann kommen Sprüche wie: *Es gibt überall Bärte, aber keine echten Männer*. Versucht erst mal, anständige Frauen zu werden, die sich nicht selbst Schlampen nennen und ihre Ärsche überall wackeln lassen. Seid wie eure Mütter, bevor ihr echte Männer wollt.

Ich weiß selber, dass nicht alle Frauen so sind und auch in der Musik nicht alles so wörtlich genommen werden sollte. Aber die Jugend wird von der Musikindustrie extrem manipuliert und zu schmutzigen Dingen verleitet. Es sind nicht wir Männer, die den Respekt an die Frauen verlieren. Es sind die Frauen selbst, die ihren Wert selbst mindern, indem sie auf der einen Seite Respekt haben wollen, aber Musik mögen, die ihnen den Respekt als Frau nehmen.

Ein Beispiel. Früher haben die Frauen um ihre Rechte gekämpft und wollten zu Schule gehen, wollten dieselben Rechte wie Männer. Heutzutage laufen die Frauen nackt herum, um ihre Rechte zu bekommen. Sie erniedrigen sich selbst. Heutzutage sind Frauen, die sich bedeckter kleiden, zurückgebliebene Frauen und

Frauen, die sich offen zeigen, modern? Ich als Mann denke mir, wenn ihr Musik feiert, wo man euch als Schlampen betitelt, dann wollt ihr so behandelt werden.

Keff, du kannst mich ruhig als ein Fuckboy sehen. Aber poste ich ein Bild Oberkörper frei mit meinem ganzen Tattoos, bekomme ich so viele Likes von Frauen. Poste ich ein Buch, interessiert es niemanden. Wenn Sebastian mit seinem Mercedes ankommt, kriegt er viele Nummern. Was sagt mir das? Dass wir alle Opfer sind. Keine ist besser. Kein Geschlecht ist besser, okay?“

Diese Worte waren so schwer in meinem Kopf, dass ich nichts hinzuzufügen hatte. Ich konnte nichts anderes tun als ihm Recht zu geben.

„Siehst du, Keff, deshalb bin ich so geworden. Die Frauen sind schuld.“, sagte Sebastian mit einem Grinsen und lehnte sich lässig an meine Couch.

„Sebastian, du bist von Natur aus ein Fuckboy. Da ist niemand schuld, außer dir“, korrigierte ich ihn.

„Egal, du kommst trotzdem mit.“

„Okay, ich komme mit.“ Eigentlich wollte ich mir nur das Gerede nicht mehr länger anhören.

„Alles geht auf mich, wir holen dich später ab“, sagte Sebastian und Kelvin zwinkerte mir zu. Wir verabschiedeten uns.

Passi na Mutema | The. Stu. 1 | Das Gespräch fand im Café 3 in Essen statt. | Daniele Ganser sagt die Wahrheit. | Die Liebe erträgt alles, glaubt alles, hofft alles, hält allem stand. Die Liebe hört niemals auf. | Kaaba | 93:8?

Wieso leiden manche viel mehr als alle anderen?

Du meinst, warum du mehr leidest als alle anderen?

Ja.

Erzähle mir, von welchem Seelenschmerz du sprichst.

Egal, was ich tue, ich werde nicht glücklich. Wenn ich glaube oder denke, dass ich so weit bin und mein Glück gefunden habe, wird es mir weggenommen. Als würde jemand sagen wollen: Nein, du darfst nicht glücklich werden. Ich will endlich ausgelassen sein. Ich war nie wirklich glücklich im Leben.

Darum sind wir hier, oder?

Sind wir das?

Es war deine Entscheidung, ich habe dein Angebot angenommen. Es hat mich sehr gefreut, als du mir geschrieben hattest.

Ich habe dich nie vergessen.

Ich denke an früher und habe immer noch deine Stimme im Kopf. Ich hatte die große Sehnsucht, dich zu finden. Ich habe mich öfter gefragt, wie es dir geht, wo du genau jetzt wohnst. Ich wollte dir endlich sagen, dass ich Buchautor geworden bin. Ich habe viel von dir gelernt. Die Zeit damals mit dir, als wir in deinem Haus waren, hat mich sehr geprägt. Es war schwer, dich in Frankreich zu finden ...

Ich war selbst überrascht, deine Nachricht zu lesen und dass du ein Buch veröffentlicht hast. Bei unserer letzten Begegnung habe ich ja gesagt, aus dir kann ein ganz Großer werden. Und heute sitze ich hier mit dir, einem wahren Buchautor. Du bist noch besser geworden, Kerfala.

Danke dir.

Ich will, dass du alles preisgibst, von Anfang an. Was hast du für Sachen ertragen müssen?

Schreckliches, Dinge, die niemand weiß, die ich bis heute für mich behalten habe. Erst jetzt, wo ich gerade diese Geschichte aufschreibe, erst jetzt wird mir bewusst, wie grausam es war. Aber ist Vergewaltigung normal? Sind Misshandlungen normal? Ist Foltern und Töten normal?

Heute ist der Tag, an dem du alles erzählen wirst. Keine Geheimnisse und keine Lügen mehr ...

Kapitel 2

Iblis

***

Weißt du noch, als ich deine Hand hielt und dir sagte, wir werden es schaffen? Wenn ich ehrlich bin, wusste ich, dass es nur eine Frage der Zeit war. Du hast gehungert, geweint und geschrien.

Du hast sehr gelitten. Bei diesem Anblick mit den ganzen Apparaten und Schläuchen fragte ich mich oft: Woher nimmst du diese Lebenskraft?

Jeden Morgen hast du mir ein Lächeln geschenkt. Woher hattest du diese Kraft?

***

Liebe

Meine Erscheinung war eine Katastrophe. Die Augenringe entwickelten sich zu Kratern. Ich bin alt geworden. Mich erstaunte, wie kaputt ich aussah und wie düster und kalt mein Blick geworden war. Auf der Glasplatte über dem Waschbecken lagen viele Pflegeartikel, die eine Weile nicht benutzt wurden.

Ich drückte erst mit dem Zeigefinger auf die rechte Wange, um zu fühlen, ob es Pickel waren, die sich da abbildeten. Wie sollte ich bitteschön zum Date gehen, wenn mein Äußeres so wirkte, als wäre ich aus einem mehrjährigen Koma erwacht? Ich schaute mir alle Beauty-Artikel an und griff nach der „Nivea"-Seife für das Antlitz. Nach der Gesichtsreinigung sprang ich in die Dusche. Beim Waschen kam eine Freude in mir auf, die mich selbst überraschte.

Fertig geduscht, trocknete ich mich ab und holte den Rasierer aus der Badezimmerkommode. Ich stand da, nachdenklich, nackt, und überlegte, wie ich die Haare tragen müsste, damit es cool ankam. Was mir gut gefiel, war ein Kurzschnitt an den Seiten mit einem schönen Übergang zu etwas längerem Haar auf der Kopfoberseite. Ich versuchte skeptisch, zuerst seitlich zu rasieren. Dabei ist mir die Maschine leicht aus der Hand gerutscht und ehe ich mich versah, hatte ich eine kahle Stelle, mitten auf dem Schädel. Vorsichtig tastete ich die Katastrophe ab. Ein „Fuck" verließ wütend meinen Mund. Ich entschied mich für eine Vollglatze. Das konnte ich am besten. Komplett fertig angezogen setzte ich mich auf die Couch.

Nachdem ich angefangen habe zu überlegen, ob es eine gute Idee war, mich mit den Jungs zu treffen, hörte man plötzlich draußen Afro-Trap-Musik. Ich bewegte mich Richtung der Eingangstür und verließ die Wohnung. Unten angekommen entdeckte ich Kelvin. Er lehnte lässig an dem Mercedes und rauchte einen Joint. Als er mich sah, reichte er ihn mir.

„Mach das aus. Wenn meine Nachbarn das riechen!"

„Chill, Bro, das ist nur Gras, kein Kokain", antwortete er genervt und öffnete mir die Tür. „Komm rein Prinzessin." Er lächelte mir zu und warf den Joint in die Ecke.

Ich verzichtete auf eine Gegenbemerkung und stieg in den Wagen. Dort gab ich Sebastian einen Gruß, der geduldig am Lenkrad saß und wartete, bis Kelvin eingestiegen war. Das Gefährt verließ mit einem Brummen die Einfahrt.

„Wie lange ist es her, seit du eine geknallt hast, Keff?"

Jetzt fängt das wieder an, dachte ich mir nur. „Gestern", antwortete ich ruhig und schaute aus dem Fenster.

„Hatte sie einen Arsch?" Kelvin wollte anscheinend echt einen tieferen Einblick haben.

„Warum fragst du mich das?"

Sebastian ließ in den Boxen die Songs von MHD erklingen.

„Keff, wir wissen beide, dass du auf ‚Big Booty' stehst. Auf Äpfel, die man auf Facebook sieht, wo die Arschbacken zur Dancehall-Musik nach oben und unten bewegt werden."

Sebastian lachte sich einen ab und steuerte das Auto in den Kreisverkehr.

„Was ist mit euch? Keine Frau am Start?“ Eigentlich hatte ich das nur gefragt, um von mir abzulenken.

„Ich habe eine kennengelernt, deren Vater einen Parfümladen in Paris hat. Wenn ich sie schwängere, bin ich safe. Dann übernehme ich irgendwann den Shop. Und dann gibt es da noch eine, die streckt immer ihren Arsch raus, wenn sie Bilder postet. Sie ist hundertprozentig eine Hoe.“ Schon bemerkte ich ein dämonisches Grinsen in Kelvins Gesicht.

„Warum soll sie eine Hoe sein, nur weil sie ihren Arsch zeigt?“, wollte Sebastian, der inzwischen auf der Autobahn fuhr, wissen.

„Ach kommt, Jungs, warum streckt sie ihren Hintern raus? Um uns zu zeigen, wie schön ihre Haare sind? Das sind alles Bitches, die gef*** werden möchten, ganz einfach. Wenn ich so eine sehe, die bei jedem Bild ihren Arsch zeigt, dann schnappe ich sie mir direkt.“

„Trotzdem sollte man doch etwas Respekt haben“, sagte ich zu Kelvin.

„Respekt für solche? Nö, habe ich nicht. Die Besten sind immer noch die, die sexy Posen machen und es öffentlich posten, obwohl sie einen Freund haben. Ist dein Body für deinen Freund oder für deine Follower?“

„Das habe auch nie verstanden“, fügte Sebastian hinzu.

„Bist du nicht unserer Meinung?“, fragte mich Kelvin.

„Doch, schon. Ich würde auch nicht wollen, dass meine Freundin zu offenherzig Bilder postet, aber ...“

„Kein Aber“, unterbrach mich Kelvin. „Solche Männer sind Hunde, die zulassen, dass die Freundin sich kleidet wie eine Nutte.“

Diese Doppelmoral störte mich immer schon an den beiden. Alle Frauen sind Schlampen und alle sind schuld, dass sie selbst so geworden sind.

„Ich muss mich doch um die ganzen Schlampen kümmern“, entgegnete Kelvin amüsiert, als ich ihn darauf angesprochen habe. „Ich bin der Schlampenflüsterer!“

„Und die guten Frauen?“, fragte ich ihn. „Die haben Pech gehabt. Die stehen doch auf solche Bad Boys. Kann ich was dafür, wenn die denken, sie können aus einem Löwen eine Katze machen?“

„Ich will in die Vereinigten Staaten, Jungs“, wechselte Sebastian, der die meiste Zeit still war, das Thema.

„Wie ‚Vereinigte Staaten‘?“, fragte ihn Kelvin überrascht.

„Na ja, meine Eltern wollten mich nach Amerika schicken. Ihr sagt ja, dass ich gut singen kann, also werde ich da gleichzeitig die Chancen nutzen.“

Yo, Bro, wir haben zwar gesagt, dass du eine gute Stimme hast, aber du bist kein Justin Timberlake. Mach lieber deine Schule“, versuchte Kelvin ihn disziplinarisch aufzuklären.

„Nicht alle Sänger haben eine perfekte Klangfarbe“, probierte Sebastian verzweifelt sich zu retten. Wenn Kelvin ein Buch schreiben sollte, würde es *„All eure Ideen sind scheiße“* heißen.

„Tue es“, funkte ich dazwischen.

„Ist das ernst gemeint?“, erkundigte sich Sebastian, der es gewohnt war, dass man ihm sämtliche Wünsche und Träume schlecht redete, verwirrt.

„Ja, die Lebenszeit ist zu knapp. Wenn du was ändern möchtest, tue es. Befasse dich damit.“

Schweigend saßen beide im Auto.

„Ehm... danke dir, Bro. Echt cool.“ Irgendwie konnte Sebastian das, was ich sagte, nicht so ganz glauben.

„Wir sind da“, machte uns Kelvin aufmerksam. Wir hielten vor der Düsseldorfer Shisha-Bar *„Paradies“* an. „Da sind die drei. Schaut euch die an, die hat einen Wahnsinns-Body.“ Er zeigte auf eine der jungen Frauen, die am Eingang warteten. „Hey Jungs, damit das schon mal klar ist: Die Blonde gehört mir. Die werde ich heute auf jeden Fall wegflanken.“

Ich blickte in die Richtung der Mädels und fühlte mich verpflichtet, ihm Recht zu geben. Die eine hatte wunderschönes blondes Haar, das mich direkt typischerweise an Alexandra erinnerte. Ein knappes rotes Kleid schmückte ihren Kim Kardashian ähnlich aussehenden Körper.

„Keff, wir haben eine Bitte an dich.“ Kelvin drehte sich zu mir um und fixierte meinen Blick

Was kommt jetzt, fragte ich mich nur.

„Du musst jetzt deine psychologische Scheiße da machen. Emotionen und Bindungen aufbauen und so, du weißt schon.“ Er schaute mich an, als wollte er, dass ich die Welt auf eine positive Art und Weise verändere.

„Okay, ich gebe mein Bestes."

Wir stiegen gemeinsam aus dem Mercedes und liefen in Richtung der Mädchen.

„Hallo Julia." Kelvin ging vor und umarmte sie zärtlich. „Das sind Keff und Sebastian."

Wir gaben uns Küsschen.

„Das sind meine Freundinnen, Aylin und Natascha."

Aylin fiel mir aufgrund ihres orientalischen Aussehens direkt ins Auge. Sie trug hautenge Jeans, eine schöne weiße Bluse, eine Louis-Vuitton-Umhängetasche.

„Mir ist kalt. Lasst uns reingehen", unterbrach uns Natascha, die kroatische Wurzeln besaß. Sie hatte blaue Augen, dicke Lippen und lange Beine. Die braunen Haare waren nach hinten zu einem Zopf gebunden.

Es war nicht viel los in der Bar. Wir suchten uns einen runden Tisch.

„Wollt ihr was trinken?", fragte uns die Bedienung, als wir alle Platz genommen hatten.

„Fünf Mal, nein, Moment, sechs Mal Wodka Orange, bitte."

Ich stupste Kelvin an, um zu signalisieren, dass ich keinen Alkohol mehr zu mir nahm. Er ignorierte es. Es laut zu sagen, traute ich mich nicht. Der Gruppenzwang hatte mich im Griff.

Der Kellner brachte uns die Getränke. Obwohl es in der Bar düster war, erkannte ich, wie attraktiv Aylins Gesicht aussah. Eine Stimme kam in mir hoch.

Du Idiot, wenn du kein Fünkchen trinkst, bist du heute der Spielverderber. Alle haben ihren Spaß und du willst einen auf korrekt machen. Komm, ein Glas wird dich nicht umbringen.

Kelvin hob das Glas. „Lasst uns einen schönen Abend haben, Freunde."

Ich nahm einen kräftigen Schluck und biss die Zähne zusammen, um den bitteren Geschmack zu unterdrücken. Ich hatte seit knapp sechs Monaten keine Spur von Alk zu mir genommen.

„Alles gut?" Kelvin schaute mich besorgt an.

Als die Gruppe ihre Aufmerksamkeit auf mich lenkte, versuchte ich es zu überspielen. „Klar! Habe nur lange nichts mehr getrunken."

„Es fängt jetzt erst richtig an", lachte Kelvin. Er bestellte für uns alle noch einen Longdrink, natürlich mit Alkohol.

Als die Cocktails kamen, trank ich meinen in einem Zug.

„Woher kommt ihr? Was macht ihr so?", fragte Kelvin Natascha und Aylin.

„Ich wohne in Kölle und bin Friseurin, möchte aber bald nach Amerika", antwortete Natascha.

„Ich bin auch aus Köln und mache dort gerade eine Ausbildung. Und ihr?"

„Mein Bruder und ich haben einen Laden. Sebastian ist Musikmanager bei einer Plattenfirma. Und mein schwarzes Bruderherz hier studiert Jura."

Ich musste plötzlich anfangen heftig zu husten. Es gab viele Lügen, die er den Mädels erzählte. Einmal hatte er ein eigenes Autohaus, das sich auf Tuning spezialisierte. Dann war er ein junger, aufstrebender Designer, der im Sommer seine erste Kollektion bringen würde. Ein anderes Mal hat er es geschafft, einem der Mädels weiß zu machen, er wäre ein Neffe von Michael Jackson. Einer der Brüder hätte was mit seiner Mum gehabt. Als Beweis zeigte er gefälschte Fotos mit der Jackson-Familie. Ja, ihr habt richtig gelesen: Er hatte wirklich gefälschte Fotos in seiner Tasche. Er war eben ein Fuckboy Level 100.

Ich war deshalb auch überrascht, dass er diesmal unsere echten Namen nannte. Normalerweise hießen wir Jason, Brandon oder Curtis. Wir hatten manchmal so viele Frauen, dass wir uns falsche Pseudonyme gaben. Konnte ja sein, dass sich einige untereinander kannten.

Das ist eines der Geheimnisse von Fuckboys. Würde Kelvin ein Buch über sich selbst schreiben, würde es *„99 Lügen und ich*“ heißen. Jedoch übertrieb er seine Rolle diesmal deutlich.

„Erfolgreiche Jungs, das sieht man selten“, bemerkte Julia und lächelte uns alle drei an.

Bei der Unterhaltung beobachtete ich Aylin. Meine Sinne wurden scharf und klar. Allmählich verließ mich die Angst und ich fühlte eine unzweifelhafte Freude im Körper. Aus heiterem Himmel erinnerte ich mich lückenlos an die Techniken und Manipulationen. Emotionale Bindung, der Magnet, reden lassen, satte Stimme.

Die Tricks bohrten sich ins Gehirn und ich fing an zu lächeln. Wortlos beobachtete ich die Jungs. Kelvin lachte. Ich hatte keinen blassen Schimmer, worüber sie redeten, und lachte naiv mit. Jetzt war ich gerüstet.

„Hey Leute, lasst uns die Plätze neu besetzen. Die Frauen sind endlos weg von uns! Ich würde sagen, Kelvin, du gegenüber von Julia, ich zwischen Julia und Aylin und Sebastian dicht an Natascha." Ich hatte rasch erkannt, dass das die beste Sitzkombination war, um vertrauter zu werden.

Als Aylin sich neben mich setzte, nahm ich ihren Arm und stützte sie. Beim Loslassen der Hand streichelte ich mit den Fingern leicht ihre Handoberfläche. Kelvin fackelte nicht lange und baggerte durchgehend Julia an. „Hey Natascha, wusstest du, dass Sebastian sogar Sänger ist und vermutlich nach Amerika möchte?"

Naturaschas Aufmerksamkeit bündelte sich direkt auf Sebastian. Soeben hatte ich Aylin von beiden Freundinnen abgekoppelt. „Was machst du für eine Ausbildung?"

„Oh, nichts Besonderes. Ich bin Kauffrau im Einzelhandel, aber das ist jedoch nichts Bemerkenswertes im Vergleich zu dir, oder? Ich meine, Respekt, Jura ist keine simple Sache."

„Das stimmt. Aber eigentlich wollte ich was ganz anderes machen. Ich möchte gern in alle Ecken dieser Welt fliegen."

Es war eine Lüge. Ich hatte extreme Angst vor der Fliegerei. Wenn es Möglichkeiten gäbe, mit der S-Bahn nach Afrika zu fahren, glaubt mir, ich wäre damit gefahren.

In meinem Leben habe ich bis jetzt nur geplant, nach Kongo und Mekka zu fliegen.

„Wow, das finde ich schön. Ich würde genauso, nur braucht es dafür Zeit und Geld."

Ich betrachtete Aylins Hände, mit denen sie beim Reden gestikulierte, und ihre Stirn, die klar und deutlich ihre Emotionen widerspiegelte.

„Stell dir vor, du hast 1.000 Euro Taschengeld und könntest überall hinfliegen. Welchen Ort würdest du wählen?"

Das nannte ich Emotionen wecken. Indem du positive Gedanken in einer Frau entfachst, erzeugst du einen guten Eindruck bei ihr und erntest eine Vielzahl an Sympathiepunkten, vor allem, wenn sie viel reden darf.

„Ghana, Südafrika, das würde mich schon reizen." Ihre Augen funkelten.

„Bestimmt magst du schwarze Babys, oder?" Ich versuchte, ihre Regungen zu steigern.

Sie lachte: „Oh, die sind so süß." Dabei machte sie eine Geste, als ob sie ein Baby in den Händen hielte.

„Was ist dein bedeutungsvollster Wunsch im Lebensweg?"

Lautes Lachen bei Sebastian und Natascha. Offensichtlich lief es bei denen genauso gut.

„Was? Ich habe dich nicht verstanden", fragte sie mich. Ich winkte sie dicht zu mir und war gerüstet, den „Keff-Magnet" einzusetzen. Ich berührte zärtlich ihre Schulter. „Was ist dein größter Traum im Leben?"

Sie schaute überrascht. „Wow, ich habe bisher absolut

keinen Mann kennengelernt, der mir solche Frage stellt."

Ich lächelte sie an und dachte mir still, was für ein Genie ich doch war. Sie fing an zu überlegen, was für eine passende Antwort sie mir geben könnte, als uns auch schon die nächsten Getränke serviert wurden. Jetzt ließ Sebastian das Portemonnaie sprechen. Ich nahm davon einen kräftigen Schluck und spürte rasch darauf, dass mein Pegel stieg.

„Ich würde gerne in absehbarer Zeit von einem Flieger springen."

Ich beäugte Kelvin und erkannte ein Stück Obst an seiner Lippe, das vermutlich vom Cocktail stammte. Unerwartet fing ich an, laut zu lachen.

„Was ist denn los?", wollte Aylin wissen.

„Entschuldige mich, ich komme sofort wieder", entgegnete ich ihr. Wie ferngesteuert war ich auf den Beinen, bewegte mich zu Kelvin rüber, entschuldigte meine Unhöflichkeit bei Julia und bat Kelvin, kurz mitzukommen.

Sebastian bemerkte, dass wir in Richtung der Toiletten gingen, stand automatisch auf und folgte uns.

„Ich werde sie heute safe wegflanken. Ich werde ihren Hintern genau so packen und dann: Bang!" Kelvin machte bei der Aussage Bewegungen, die ich euch lieber nicht näher erklären möchte.

„Jungs, wir müssen sie dazu bringen, mit uns zu kommen." Ich war so besoffen, dass ich mich beim Reden mit der linken Hand am Waschbecken festhalten musste.

„Schon erledigt." Perplex schauten wir Sebastian an.

„Wie ‚erledigt', Bro?", hakte Kelvin nach.

„Ich habe vorhin mit Natascha gesprochen. Ich habe ihr gesagt, ich will, dass sie heute Nacht bei mir pennt. Sie soll später dafür sorgen, dass ihre Freundinnen auch mitkommen."

Die Fassungslosigkeit stand uns beiden für einen Moment ins Gesicht geschrieben. „Du kleiner Motherfucker, in dir steckt ein wahrer Player!"

Sebastian sah uns an, als hätte er das Mittel gegen Krebs entdeckt. „Ich steuere uns nach Oberhausen zu Kelvin. Seine Wohnung ist groß genug für uns alle."

Ich war urplötzlich wach. „Bist du nicht dicht?", fragte ich Sebastian.

„Doch, aber ich kann dennoch chauffieren, keine Angst."

Ich schaute zu Kelvin rüber in der Hoffnung, dass er mir helfen mag.

„Wenn du fit bist, lass uns jetzt fahren", willigte er ein. Ich habe eindeutig zu viel erwachsenes Verhalten von ihm erwartet. Wenn er ein Buch schreiben würde, würde es heißen: *„Soziales Verhalten? Nein, danke!*"

Wir liefen zurück zu den Frauen. „So, Mädels, wir wollen jetzt los."

Natascha lächelte Sebastian an. „Also unsere Bahn kommt nicht mehr. Haben wir die Möglichkeit, bei euch zu schlafen?"

„Natürlich!" Sebastian sandte Natascha ein Grinsen zurück. Er bezahlte die komplette Rechnung über rund 125 Euro.

Wir verließen die Bar. Ich hatte ein mulmiges Gefühl. Ein weiteres Mal kam diese Stimme, die mir sagte:

Was soll passieren? Als ob ihr einen Unfall macht. Da sind drei heiße Weiber! Willst du einen auf fabelhaften Muslim machen? Wenn du jetzt den Moralapostel spielst, wirst du es bereuen. Gott verzeiht dir schon, keine Sorge.

Ja, die Stimme hatte Recht, ich musste endlich lässiger werden. Wir werden schon nicht sterben. Ich bin zu jung für den Tod.

„Keff, du hast lange Beine, du setzt dich vorne hin. Ich setze mich mit den Mädels nach hinten", legte Kelvin mit betrunkener Stimmlage fest.

Ich schaute ihn besorgt an und nickte. Dieses dämonische Grinsen wird er nie loswerden. Die Frauen zwängten sich ins Auto rein, Kelvin in die Mitte.

Sebastian startete den Motor. Ich blickte zu ihm herüber in der Hoffnung, ihn bei einer seltsamen Aktion zu erwischen, um einen Grund zu haben, in seinem Zustand nicht bei ihm mitfahren zu müssen. Er bemerkte es und sah mich an. „Bro, keine Sorge, ich bin Profi."

„Was ist, wenn die Polizei uns anhält?", gab ich zu bedenken.

„Ich weiß schon, wie ich steuern muss, um die Aufmerksamkeit von mir abzulenken."

„Fahr los, man", schnauzte ihn Kelvin vom Rücksitz aus an. Ihn interessierte es kaum, ob er betrunken fuhr oder nicht, was mich wütend machte.

Das Fahrzeug bewegte sich in Richtung der Autobahn.

„Sobald wir auf der Schnellstraße sind, kann nicht mehr viel passieren.“

Der Satz beruhigte mich überhaupt nicht. Auf der Schnellstraße war ich so auf die Fahrbahn fixiert, als ob ich selbst das Auto fahren würde.

„Habt ihr Dancehall-Musik?“ Aylins zärtliche Stimme ertönte von hinten.

Sebastian nahm direkt ohne zu zögern das Mobiltelefon in die Hand und suchte die App „Spotify“. Mein Herz blieb bei dem Anblick stehen, ich wurde auf meinem Sitz nervös. Kurz darauf füllte Dancehall-Musik den Raum und Sebastian legte das Handy wieder auf seinen Platz. Gleichzeitig fiel mir ein Stein vom Herzen.

Wir verließen die Autobahn, indem wir die Ausfahrt Richtung Oberhausen nahmen. Vor einer roten Ampel auf der Blumenthalstraße hielten wir an, als wir plötzlich Blaulicht von hinten wahrgenommen hatten. Vor Schock krampfte sich mein Magen zusammen.

„Scheiße“, hörte ich aus Sebastians Mund. Er bemerkte, dass er in eine missliche Situation geraten ist.

Panik machte sich im Auto breit. Wir schauten alle nach hinten, als die Scheinwerfer des Polizeiwagens näher kamen und uns alle blendeten. Es herrschte gespanntes Schweigen.

„Okay, bleibt locker, Leute. Wenn wir uns alle ruhig verhalten, wird nichts passieren, okay?“ Kelvin schaute uns an und wippte dabei seine Hände nach oben und unten.

Ein Zorn machte sich in mir breit. Ich drehte mich um und schrie ihm direkt ins Gesicht. „Wie? Wie, verdammt nochmal, sollen wir uns ruhig verhalten? Wir haben hier einen betrunkenen Fahrer und vier Menschen hinten sitzen, obwohl es nur Platz für zwei gibt! Aber hey, wir tun so, als ob alles cool ist." In mir kochte es gewaltig.

„Halt einfach deine Fresse, Keff."

Als er diese Worte sagte, platzte mir der Kragen. Ich probierte, ihn zu packen, um ihm eine zu verpassen, woraufhin Julia, die direkt neben ihm saß, das Ganze abzublocken versuchte.

„Keff, Keff! Chill, Bro, chill!" Sebastian griff mich an den Schultern und zog mich zurück.

„Rede nie wieder so respektlos mit mir, hast du mich verstanden? Sonst wirst du mich anders kennenlernen!", drohte ich ihm.

„Leute, er kommt." Reflexartig war es still im Auto. Wir schauten alle nach links. Der Polizist erreichte das Ziel und klopfte zweimal an die Scheibe der Fahrertür, aber Sebastian saß wie erfroren da und ließ das Lenkrad nicht los.

„Bro, macht das verdammte Fenster runter!", befahl ich ihm.

Sebastian wachte endlich aus seiner Schockstarre auf und betätigte den Knopf, sodass es elektronisch nach unten fuhr. „Hallo." Er versuchte, bei der Begrüßung selbstbewusst zu klingen, aber scheiterte kläglich. Der Polizist musterte ihn.

„Sie können weiterfahren."

„Wie bitte?“

„Sie können fahren. Ich habe nicht Sie, sondern das Auto vor Ihnen angehalten“, erklärte der Polizist.

Wir schauten alle gleichzeitig nach vorn. Ein roter VW-Wagen stand vor uns. Sein rechtes Rücklicht leuchtete nicht, was auf einen Defekt hinwies.

„Okay, danke.“ Sebastian konnte sein Glück noch gar nicht fassen.

„Schönen Abend. Fahren Sie vorsichtig“, ermahnte uns der Polizist.

„Der Typ meinte uns gar nicht, Alter. Habt ihr Sebastians Gesicht gesehen? Wie eine Pussy! Der hat sich in die Hose geschissen.“ Kelvin tankte Selbstbewusstsein.

„Was war das mit ‚bleibt ruhig, Leute‘? Du bist hier die Pussy“, konterte Sebastian. Wir lachten alle daraufhin los, aber, um ehrlich sein, nicht, weil es lustig war. Nein, weil wir alle unsere Angst überspielen wollten.

„So, wir sind da.“ Sebastian fuhr in einem ruhigen Wohnort ein und parkte genau vor der Hausnummer 5 auf der Familienstraße, die nur fünf Minuten vom Hauptbahnhof entfernt war. Die Mädels stiegen aus dem Auto und mussten sich erst einmal ordnungsgemäß strecken.

„Ich wohne da, Leute.“ Kelvin lotste uns zu seinem Appartement.

Als wir alle in den Raum gingen, waren wir überrascht, wie sauber und ordentlich es aussah. Die Wohnung war schön und auf die Bedürfnisse eines angenehmen, gemütlichen Abend eingerichtet. Das Wohnzimmer enthielt eine Sitzgruppe mit einem Sofa, das sich mit wenigen Handgriffen zu einem Bett verwandeln ließ. Ein Hochglanz-Couchtisch stand auf einem braunen Langflor-Teppich. Der Esstisch befand sich direkt am Fenster der Wohnung und war mit einer Schale bestückt, in der Bananen und Äpfel lagen. *Genau denselben Tisch habe ich auch,* dachte ich mir. An der Wand hing ein riesen Smart-TV von „Samsung", der die gesamte Ausstattung komplettierte.

„Ich liebe deine Wohnung! Einfach nur geil", lächelte Julia Kelvin zu. Daraufhin strahlte er über das ganze Gesicht. Wenn sie nur wüsste, dass die gesamte Einrichtung von den Ex-Freundinnen finanziert wurde.

„So, nehmt ruhig auf der Liege Platz. Jetzt wird gefeiert, Leute."

„Was hast du denn noch da?", erkundigte sich Aylin, während sie sich auf den Weg zur Couch machte.

„Jim Beam oder – wie es Keff immer nennt – Double Man!"

„Wieso nennst du es ‚Double Man'?", fragte Natascha mich überrascht.

„Das erzähle ich dir ein andermal.", versuchte ich, der Frage zu entkommen.

Kelvin stellte sechs Gläser, drei Flaschen Cola, einen Wodka und Jim Beam auf den Tisch. „So, Freunde, keine Spielchen mehr. Keine Schüchternheit, jetzt wird ordentlich gefeiert."

Wir nickten ihm alle einstimmig zu. Ich wusste genau, dass das, was ich gerade tue, falsch ist, aber die Stimme in meinem Kopf sprach wieder zu mir.

Willst du jetzt schon wieder vor allen Frauen einen auf Muslim tun? Du hast hier drei Mädels, mit denen du definitiv Geschlechtsverkehr haben wirst, also nötige dich nicht. Sündigen darf man. Gott wird dir eh vergeben, mache dir keine Sorgen. Am Ramadan wirst du fasten und alles wird wieder gut.

Die Stimme hatte Recht, dachte ich mir nur. Ich nahm das Trinkglas in die Hand. „So, alle mal mit einem Schluck runter“, befahl ich der Gruppe.

Ohne mit den Wimpern zu zucken, tranken alle die vollen Gläser mit einem Zug weg. Bitterkeit verzog mein Gesicht zu einer Grimasse.

Das zweite und dritte Glas folgte. Ich merkte, wie betrunken ich wurde, als ich mir mit der Hand über meinen Mund strich. Dieses taube Gefühl sagte alles.

„Lasst uns Flaschendrehen spielen, Freunde“, schrie Kelvin in die Runde. Alle stimmten begeistert zu. Blitzschnell musste ich an meine Freunde Jesus und Mardocheé denken und laut loslachen.

„Was ist denn mit dir? Hast einen sitzen, was?“, stupste mich Kelvin an.

Die leere Wodka-Flasche wurde für das Drehen genutzt. Wir setzten uns so hin, dass wir gemeinsam einen engen Kreis bildeten.

„Wir machen keine Kindergarten-Sachen. Wir sind erwachsene Leute, also verhalten wir uns auch erwachsen. Wir machen Flaschendrehen mit allem“, erklärte ich das Spiel. Die erste Drehung begann und stoppte bei Natascha. „Zeig Sebastian, wie gut du küssen kannst.“

Direkt sah man Sebastian, der sich wohl tierisch darauf freute, grinsen. Natascha legte zärtlich ihre Hände auf Sebastians Wangen und verpasste ihm den Zungenkuss des Jahrhunderts. Der war so heftig, dass Kelvin die beiden sogar bremsen musste.

„Hey Leute, Stopp! Ihr könnt den Rest später noch erledigen.“

Natascha war dran und drehte die Flasche erneut, die in Richtung Aylin stoppte. „Du kannst doch gut Dancehall tanzen, mein Schatz. Mach Keff so richtig heiß.“

Ich schaute Aylin an und sie mich. „Du musst es nicht tun, wenn du es nicht so gut kannst.“

„Ich soll es nicht gut können?“, feuerte Aylin zurück. Mit dieser Frage reizte ich sie, aber was sie nicht wusste: Genau das war meine Absicht. Sie kam auf mich zu und befahl mir, mich auf der Couch zu entspannen. Auf Julias Handy waren plötzlich Dancehall-Klänge zu hören. Aylin fing an, ihren Körper im Rhythmus der Musik nach rechts und links zu schwingen. Sie drehte sich um und bewegte ihre Hüften taktvoll und zärtlich zu der Musik. Rückwärts kam sie zu mir und baute ihren Hintern zwischen meine Beine.

„Shit...“,kam es aus Kelvins Mund, der Aylin erstaunt anschaute. „Die Kleine ist gefährlich, hm.“

Sie packte meine Hände, legte sie auf ihre Hüften und bewegte sich immer heftiger. Ihre Tanzbewegungen ließen meine Lust ins Unermessliche steigen.

„Ich höre jetzt auf.“ Aylin stand auf, als sie bemerkte, dass ich anfing, es zu genießen.

„Wie? Mach weiter, bring den Typen um!“, feuerte Kelvin sie an.

„Nee, ich habe bei ihm was gemerkt. Ich glaube, ich will ihn nicht umbringen.“ Peinlich berührt versuchte ich, so zu tun, als ob nichts war.

Die nächste Flasche ging auf Kelvin. Ich wusste, dass es jetzt an der Zeit war, das Spiel zu beenden und zu den ernsten Sachen zu kommen, also zog ich meinen Finishing-Move. „So, Kelvin du packst dir Julia und gehst in dein Zimmer. Da kannst du alles mit ihr tun, was du willst. Sebastian und ich bleiben hier und machen die Beleuchtung aus.“

Nicht mal zu Ende geredet, schnappte sich Kelvin Julia und wechselte mit ihr den Raum. Sebastian löschte das Licht und griff sich Natascha. Mein Alkoholrausch brachte mich dazu, Aylin mit einer Selbstverständlichkeit zu packen und sie auf die Couch zu ziehen. Plötzlich waren unsere Lippen miteinander verbunden. Auch Sebastian war mit Natascha in einer anderen Welt – neben uns.

Aylin flüsterte mir ins Ohr: „Lass uns ins Badezimmer gehen.“ Wir standen beide auf und liefen torkelnd ins Bad. Ich ließ die Tür hinter mir zuknallen, nahm mir Aylin und stieß sie gegen die Wand. Langsam zog ich ihre Bluse aus und packte sie am Hals. sie atmete erregt aus. Ich kam näher und küsste sie auf den Hals. Sie drückte mich zurück und befahl mir, mich auf den Klodeckel zu setzen.

„Du bist richtig gut, Keff", flüsterte sie mir zu.

Ich zog meine Hose aus. Dabei schaute sie mich aus mit Lust gefüllten Augen an.

„Hast du schon mal Kokain genommen?"

„Nein", antwortete ich irritiert.

Sie holte einen Beutel mit weißem Pulver aus ihren zu engen Jeans.

„Willst du mal probieren?", grinste sie und hielt mir die Verpackung vor die Nase. Ich war wie erstarrt und bekam kein Wort aus meinem Mund heraus. Sie öffnete die Hülle und legte etwas weißes Pulver auf ihre Handfläche.

„Ich weiß nicht, ob das gut ist, Aylin", wandte ich mit besorgter Stimme ein.

„Ach, das ist nicht so schlimm wie alle sich das ausmalen, glaube mir." Sie lächelte mir Mut zu.

„Ich weiß nicht, Aylin." Die Situation überforderte mich komplett und in meinem Kopf meldete sich wieder diese Stimme:

Probiere es aus! Im Leben darf und sollte man alles ausprobieren können. Tue es, es wird nicht so schlimm sein, glaube mir. Sei ein Mann. Komm schon, zeige ihr, was für ein wahrer Mann du bist. Und vergiss nicht, am Ramadan kannst du es wieder gut machen.

Als ob eine fremde Macht mich leitete, zog ich ein bisschen von dem weißen Zeug. Dann neigte ich meinen Kopf nach hinten. Angst durchströmte mich, denn ich wusste in dieser Sekunde nicht, was jetzt genau mit mir passieren würde.

„Alles gut?“, erkundigte sich Aylin besorgt.

Nach gefühlten fünf Minuten ohne Reaktion durchdrängte mich eine Glückseligkeit, die ich noch nie im Leben gespürt hatte. Ich betrachtete Aylin, ihr Gesicht leuchtete in vollem Glanz. Vor Freude fing ich an zu lachen und sie lachte mit.

„Ich will dir was zeigen“, flüsterte ich ihr ins Ohr.

Sie nickte mit weit aufgerissenen Augen. Ich zog meine Unterhose aus und griff aggressiv nach ihrem Kopf, um ihr verständlich zu machen, was sie jetzt zu tun hatte. Die Aggressivität wurde von Minute zu Minute stärker. Ich packte sie erneut, half ihr, aufrecht zu stehen, und stieß sie gewaltsam an die Tür. Gnadenlos zog ich ihre enge Jeans aus. Das alles schien ihr aber deutlich Spaß zu machen. Offenbar liebte sie diese rabiate Art, wie ich mit ihr umging. Ich fühlte mich gut, voller Selbstbewusstsein, voller Energie. Ich und Aylin vereinigten uns.

Nach etwa zehn Minuten löste ich mich von ihr. Sie hatte überall rote Flecken an Hals und Po. Aus dem Nichts wurde mir unglaublich schwindelig. Es fühlte sich so an, als ob jemand mir den Boden unter den Füßen wegzog. Ich knallte mit dem Kopf auf den Fußboden... Stille.

„ Keff!“ Eine Stimme rief mich, aber es war nicht die von Aylin. Als ich die Augen öffnete, befand ich mich an einem Strand.

Der Himmel war wolkenlos, die Sonne wärmte meinen nackten Oberkörper. Stille herrschte im Wasser. Der weiße Sand hob die Unschuld des Strandes hervor. Von der Schönheit fasziniert, wanderten meine Blicke über die Weiten des Meeres. Der Strand schien gar kein Ende zu nehmen, es war unermesslich weit und menschenleer.

Wo bin ich hier, fragte ich mich. Eine gewisse Neugier umhüllte mich wie ein Schleier.

Das plötzliche Rauschen des Meeres durchbrach für einen kurzen Augenblick die Stille. Lange stand ich da und betrachtete diese großen Wassermassen, bis mich meine Schritte vorwärts trieben. Aufgeschlossen lief ich ins offene Gewässer, tauchte zuerst meine Füße hinein und bewegte mich dann weiter ins klare Nass, bis mir das Wasser bis zu den Oberschenkeln reichte. Eine Mischung aus Freude und Trauer stieg in mir hoch, als ich Aaliyah in einem weißen Kleid über das stille Meer schwebend erkannte. Ein helles Licht umkreiste sie. Ich bewegte mich zu ihr.

Ich befand mich jetzt wenige Meter vor ihr entfernt. Wir beide mitten im Meer. Als sie mich sah, lächelte sie. Eine leichte Brise durchbrach nochmals die Stille und spielte mit ihrem Haar. Sie trug kein Kopftuch mehr. Ich schloss die Augen und bemerkte, wie ihre warmen Hände meine berührten. Das Herz spürte bei der Berührung einen unendlichen Schmerz.

„Bin ich tot?“, fragte ich sie. Meine Augen füllten sich mit Tränen.

Sie lächelte mich an. „Nein, Kerfala, du bist noch lange nicht tot.“

„Ich bin der, der ich niemals sein wollte, Aaliyah.“ Beim Reden versuchte ich krampfhaft, meine Stimme unter Kontrolle zu bringen.

„Du wirst immer wieder fallen und Rückschläge erhalten, aber wichtig ist, dass du an dir selbst arbeiten solltest, jeden Tag ein Stückchen mehr.“ Ihre Worte waren wir Balsam für die Seele.

„Wieso kommst du nicht zurück zu mir und hilfst mir dabei? Wieso können wir nicht gemeinsam dafür kämpfen? Ich brauche dich hier, Aaliyah.“ Ich drückte derweil ihre Hände fester, um ihr meine Ernsthaftigkeit zu demonstrieren.

„Es geht nicht, Keff, und das tut mir unendlich leid.“ Sie entzog mir ihre Hände und bewegte sich rückwärts von mir weg.

Der Wind fing an, seine Stärke zu beweisen. Ich schrie Aaliyah an, stehen zu bleiben, als der Wind immer stärker wurde und sich zu einem Wirbelsturm entwickelte.

„Ich brauche dich, Aaliyah, ich brauche dich!“, kreischte ich ihr ein weiteres Mal hinterher. Das Meer fing an, hohe Wellen zu schlagen.

„Ich weiß, was du von mir hältst, Keff. Du denkst, ich bin einfach gegangen und habe dabei dein Herz gebrochen, nicht wahr? Es gehört zu deinem Schmerz, so über mich zu denken. Aber ich will dir sagen, es ist und war niemals deine oder meine Schuld. Das Schicksal wollte es so, Kerfala. Ich würde dir so gerne sagen, wie sehr ich dich liebe. Ich würde dir gerne die Wahrheit erzählen. Aber das kann ich nicht mehr, denn meine Zeit ist um. Ich bin gegangen und komme nie wieder zurück. Ich werde nie wieder zurückkommen, Keff."

Mein Herz, mein Gott, mein Herz hatte so angefangen zu brennen, genau wie deins gerade. Sie wiederholte die Sätze immer wieder, bis ich sie nicht mehr erkannte. Eine starke Welle drückte meinen Körper ins Wasser. Reflexartig versuchte ich, mit meinem gesamten Oberkörper die Oberfläche zu erreichen, aber vergeblich. Ich tauchte tiefer in die Dunkelheit.

Stille um mich herum.

„Keff, Keff!"

Ein kräftiger Schlag auf meine Wange katapultierte mich wieder in die Realität. Ich öffnete erschöpft die Augen, mein Kopf war komplett nass gewesen. Die gesamte Gruppe beugte sich über mich.

„Ist er tot?", fragte Sebastian völlig aufgelöst in die Runde.

„Was redest du für einen Quatsch? Natürlich nicht! Der atmet noch", antwortete Kelvin.

„Sollen wir einen Krankenwagen rufen?" erkundigte sich eines der Mädels.

„Nein, nein, bloß nicht! Sie werden dann herausfinden, dass er was genommen hat. Dann sind wir alle am Arsch", sagte Aylin in die Runde. Man konnte Kelvins Unruhe förmlich spüren.

„Der sieht richtig kaputt aus", stellte Sebastian fest.

Ich atmete einige Male tief ein und wieder aus. Schließlich beruhigte ich mich. Der Gedanke an Aaliyah verblasste. „Ich möchte nach Hause“, äußerte ich in die Gruppe. Ich zitterte am ganzen Körper, mir war unglaublich kalt.

„Ich fahre dich nach Hause, Keff“, bot mir Sebastian an.

„Nein, du hast getrunken, verdammt nochmal. Ich will es nicht.“ Diesmal war ich fest entschlossen, nicht in sein Auto einzusteigen.

„Wir rufen dir ein Taxi. Keine Sorge, ich bezahle es“, lenkte er schließlich ein.

Ich versuchte, mich langsam wieder aufzurappeln. Mir wurde aber direkt wieder schwindelig, woraufhin die Jungs mich stützten. Sie beförderten mich auf die Couch. Keiner traute sich etwas zu sagen.

„Ich kann das nicht mehr. Ich will das nicht mehr.“

Alle Blicke waren bei mir.

„Was meinst du, Bro?“, fragte mich Sebastian.

„Das hier alles.“ Ich zeigte mit beiden Händen in Richtung der Alkoholflaschen und Gläser. „Das ist nicht mehr meine Lebensbahn. Das ist nicht das, was ich in meinem Leben will.“ Ich seufze. „Das ist nicht das, was ich will. Dieses Leben ist das Leben des Teufels, das er mit uns führen will. Ich will es nicht mehr!“

Es klingelte. Sebastian bewegte sich schnell in Richtung Tür, wahrscheinlich auch, um dieser peinlichen Situation zu entfliehen.

„Er ist da, Keff.“ Kelvin begleitete mich noch zum Ausgang.

„Passt auf die Frauen auf, Jungs."

Sebastian und Kelvin nickten gleichzeitig.

„Melde dich, wenn du da bist." Sebastian berührte mich bei den Worten an der Schulter. Ich willigte ein und ging erschöpft die Treppen runter zu meinem Taxi.

Nach einer knappen halben Stunde war ich zu Hause. Als ich die Tür hinter mir geschlossen hatte und mich ausgezehrt auf das Sofa setzte, konnte ich meine Emotionen nicht mehr bremsen.

Wie soll ich das alles alleine schaffen, fragte ich mich weinend. Ich fühlte mich verlassen und unglaublich leer. Ich bemerkte, wie dieses Gefühl, das ich damals nach Johannas Tod empfand, in mir hochkam. Es war wie ein böser Traum. Wenn ich an mein Leben dachte, empfand ich Ratlosigkeit. Ich schloss meine Augen, um diesen Schmerz irgendwie zu unterdrücken.

Als ich sie wieder öffnete, fiel mein Blick auf meinen Schreibtisch. Ich erkannte darauf die *„30 Seiten"*. Mit allerletzter Kraft erhob ich mich von der Couch und bewegte mich dahin. Dann griff ich mit beiden Händen nach dem Heft. Ich erinnerte mich, wie Aaliyah damals sagte, dass meine Worte sie gerettet hätten. Ich öffnete zufällig eine Seite und fing an zu lesen.

(Ein Originaltext aus den 30 Seiten, geschrieben mit 16 Jahren)

Ich bin mit Schmerz geboren, mit Trauer gewachsen, mit Leid gereift. Ich wurde doch nicht geboren, um traurig zu sein.

Hoffnung ist unerträgliches Leiden. Manchmal verliere ich die Hoffnung.

Heute ist wieder so ein Tag. Ich fühle mich einsam, sehr einsam sogar. Ich wünsche mir, ich hätte jemanden – jemanden, der zuhört, mich versteht und vielleicht ein kleines bisschen auch liebt. Ich verlange nicht die große Liebe, ich verlange nur ein bisschen, eine Kleinigkeit. Wie eine kleine Brise Zucker in einem Tee.

Heute ist einer dieser Tage, da fühle mich sehr untröstlich. Die Traurigkeit, diese unerträgliche Traurigkeit, überkommt mich immer wieder und ich kann absolut nichts tun, so sehr ich es auch will.

Ich will ...

***

Mitten beim Lesen vibrierte mein Handy. Der Bildschirm meines „Sony Z2“ wurde hell. Aus dem Nichts erhielt ich eine Facebook-Nachricht.

„Hallo, lieber Keff oder Ismael, besser gesagt. Ich habe gehört, dass du zum Islam konvertiert bist. Elhamdullah erst mal. Ich hoffe, es geht dir gut. Tut mir leid, dass ich mich erst jetzt wieder melde, aber es ist viel mit mir – mit uns – passiert. Ich hatte meine Gründe, die du bald erfahren wirst. Wir werden uns am 23.05. um 18:30 Uhr

treffen, wieder am Düsseldorfer Hbf. wie beim ersten Treffen. Ich freue mich, dich wiederzusehen. Bitte sei da."

Als ich den Namen des Absenders sah, traute ich meinen Augen nicht ...

Makila etangi | The. Stu. 2 | Das Gespräch fand im Café 4 in Düsseldorf statt. | Wenn jemand spricht: Ich liebe Gott, und hasst seinen Nächsten, der ist ein Lügner. Denn wer seinen Nächsten nicht liebt, der kann nicht Gott lieben. | Hadithe | 93:8?

Die ersten Misshandlungen fingen in der Vorschule an, genauer gesagt in Kongo, Kinshasa, meinem Geburtsort. Ich war damals sieben oder acht Jahre alt. Die Lehrer waren schlecht bezahlte Leute, die tranken und viele Probleme hatten. Oft passierte es, dass einige ihren Frust an den Kindern ausließen.

Ich war leider einer von denen.

Es fing zuerst damit an, dass er mich mit einer Peitsche auf die Handoberfläche schlug. In vielen afrikanischen Ländern war das eine typische Bestrafung. Manchmal schlug er so fest, bis die Hand anfing, dick zu werden.

Ich konnte tagelang nichts anfassen, weil jede Berührung unendlich weh tat. Der Lehrer sagte, wenn ich es jemandem erzählte, würde er mir die Hand brechen. Es ging so weit, dass er mich ohne Gründe anfing zu schlagen. Manchmal wartete er nach dem Unterricht auf mich, um angeblich mit mir zu reden, und wenn alle die Klasse verlassen hatten, verpasste er mir eine mit der Faust, sodass meine Oberlippe platzte und anfing zu bluten. Er schlug mich fast jeden Tag. Erst waren es nur Backpfeifen und Faustschläge, dann wurden es Tritte und heftige Schläge.

Einmal rief er mich nach dem Unterricht nach vorne, weil ich meine Hausaufgaben vergessen hatte. Ich sollte vor der ganzen Klasse auf die Knie gehen. Das war die erste Demütigung, die ich vor einem Publikum erlebte. Er schlug dann von hinten auf meinen Kopf, genau hier. Für einen kurzen Moment verlor ich das Bewusstsein.

Ich litt Höllenqualen, wurde unkonzentrierter und

zog mich immer weiter zurück. Während jedes Kind um mich herum versuchte, die Welt zu entdecken, fürchtete ich mich davor. Ich hatte manchmal den Eindruck, dass ich nur lebte, um zu leiden, um geschlagen zu werden. Ja, das war meine Bestimmung und ich fing an, es zu akzeptieren.

Gab es niemanden, der dir helfen konnte oder jemanden, dem du das anvertrauen konntest?

Ja, es gab da jemanden.

Als ich meine Augen nach dem Schlag wieder öffnete, sah ich, wie ein Junge in meinem Alter sich über mich gebeugt hatte.

„Hey, steh auf!“, rief er mir zu und reichte mir seine Hand.

Ich schaute mich erst mal um, ob der Lehrer noch in der Nähe war. Dabei spürte ich einen schmerzlichen Stich im Nackenbereich.

„Der ist weg, mache dir keine Sorgen.“ Er zog an meiner Hand. Ich war überrascht über seine Kraft, denn mit einem Ruck war ich auf den Beinen. Er half mir, den braunen Staub von meinen Klamotten wegzuwischen.

Mit einem Hämmern in meinem Kopf trödelten wir durch die Straßen, ohne dabei auch nur ein Wort zu wechseln. Die Straßen meiner Heimatstadt Kinshasa waren nicht zu vergleichen mit den europäischen Standards. Überall klapprige, quietschende Autos, die jede

Sekunde den Anschein hatten zusammenzubrechen. Es gab keine richtigen Gehwege. Wir mussten uns immer entlang der Mauer bewegen, um nicht von einem Auto erfasst zu werden. Es war ein sehr heißer Tag gewesen. Auf unserem Weg lag überall Dreck und ab zu begegneten uns tote Hunde und Katzen.

„Ich wohne hier.“ Mit dem Zeigefinger wies ich auf unser Haus.

„Sollen wir uns morgen früh hier treffen und gemeinsam zu Schule laufen?“, fragte er mich.

Ich überlegte kurz und nickte. „Wie heißt du überhaupt?“, fragte ich ihn, als er sich schon ein Stück von mir entfernt hatte.

„Dada“, rief er mir zu, glaubte ich jedenfalls.

Unser Haus konnte man eigentlich nicht als Haus bezeichnen. Es war so ähnlich wie Gartenhaus mit zwei Räumen und einer kleinen Küche. Wer nach einer Toilette gesucht hatte, suchte vergeblich, denn diese befand sich draußen, obwohl die Bezeichnung „WC“ eine Übertreibung war. Es handelte sich einfach nur um ein Loch in der Erde und drumherum Wände aus Blech. Duschen konnten wir nur zwei bis drei Mal in der Woche, wenn wir Glück hatten, da das Wasser sehr knapp war. Um warm zu duschen, mussten wir vorher ein Feuer anzünden und das Wasser heiß machen.

Wir duschten im Freien mit einer Seife und einem Lappen. In Inneren des Hauses lebten meine Großmutter, mein Großvater, Onkel, Tante und ich. Damals schien mir das Haus sehr groß zu sein, aber wenn ich heute zurückblicke, war es nur ein Häuschen mit fünf Personen.

Wir mussten als Kinder schon früh zupacken, was bedeutete, sich um die Hühner und anderen Tiere zu kümmern, die wir im kleinen Garten hatten.

Damals war es nicht wie heute – aufstehen und chillen, wie es bei den meisten von euch ist, und Mama macht alles. Um ehrlich zu sein, drückte ich mich so gut es ging vor der Arbeit. Ich hasste Hausarbeit und hasse sie bis heute immer noch. Manchmal erzählte ich, ich müsse für die Schule lernen, meine Hand täte weh oder ich hätte Fieber.

Du sprichst die ganze Zeit von deiner Großmutter, den Tanten und Onkels, aber du sagtest nichts über deinen Vater oder deine Mutter. Was war mit ihnen?

Meine Eltern trennten sich, als ich ein Baby war. „Trennen" ist eigentlich das falsche Wort, denn ich entstand nicht aus einer Bilderbuchliebe. Vielmehr waren es zwei verliebte Teenager, die mich aus Versehen gebacken hatten. Meine Mutter musste damals 16 oder 17 Jahre gewesen sein, als sie mich auf die Welt brachte, und mein Vater 19 oder 20.

Als junge Mutter bekamst du da nicht die Hilfe, die du in Deutschland bekommen würdest. So jung und ohne Mann schwanger zu werden, bedeutete das sichere Ende für dich und dein Kind. Warum mein Vater ging, kann ich nicht genau sagen. Ich weiß nur, dass er nicht da war, weil es in meinem Land keine Möglichkeit gab, ein vernünftiges Leben zu leben. Es gab nicht mal Jobs und auch keine vernünftige Schulbildung. Damals musste die Jugend hart ackern, um zu überleben. Entweder du wirst Reich oder du stirbst früh.

Damals war Europa für alle der heilige Kontinent, wo jeder eine Chance bekam, was aus seinem Leben zu machen. Also machte sich mein Vater auf den Weg nach Europa. Nach viel Struggle und auf krassen Umwegen kam er nach Deutschland, was ich als riesen Glück bezeichnen kann. Denn wäre er nicht gegangen und hätte meine Mutter somit verlassen, befände ich mich heute längst nicht mehr unter euch.

Das ist die Ironie des Lebens.

„Kerfala, warum willst du so früh schon los?“ Meine Großmutter bereitete ein Stück Brot mit Butter vor – mein Frühstück.

„Ich muss los, Oma. Heute gehe ich mit Dada zur Schule.“

Meine Oma schaute mich verwirrt an. „Der Junge, mit dem ich dich gestern gesehen habe?“

Ich nickte.

„Der Junge heißt Daniel!“, korrigierte sie mich. Mir gefiel aber Dada besser, also blieb ich dabei.

Ach ja, meine Oma sah aus wie die eine von „Big Mamas Haus“. Sie hätte sich auch locker für die Hauptrolle bewerben können. Ich schnappte mir mein Brot, rollte es in große Baumblätter ein und steckte es in die Tasche.

An der Straßenecke wartete ich auf ihn, doch Dada tauchte nicht auf. Ich schaute immer wieder nach links und rechts. Als ich bemerkte, dass ich zu spät in die Klasse kommen würde, rannte ich um mein Leben, denn ich wusste, wenn ich zu spät käme, gäbe es wieder Prügel. Ich stürmte in die Klasse, als der Lehrer kurz davor war, die Tür zu schließen.

„Da hast du noch mal Glück gehabt“, knurrte der Lehrer und schaute mich hasserfüllt an.

Während ich meine Sachen absetzte, blickte ich mich um, aber von Dada war weit und breit nichts zu sehen.

Eine Stunde war bereits um, da öffnete sich die Tür des Klassenzimmers. Der Lehrer schaute in Richtung der Tür und alle Blicke folgten ihm. Ich bemerkte, wie jemand in den Raum kam und sich seelenruhig setzte. Die komplette Klasse machte einen schockierten Gesichtsausdruck, manche hielten sich sogar entsetzt den Mund zu.

„Hallo, bitte die Blicke wieder zu mir“, befahl der Lehrer.

Als ich über die Köpfe der Schüler schaute, sah ich Dada auf seinem Platz. Ich nahm mir vor, ihn direkt anzusprechen, wenn die Schulstunde zu Ende ging. Manche der Schüler fingen an zu tuscheln.

„Er ist einer dieser Kinder, die in diesem Hotel arbeiten, oder?“

„Ehrlich? Das hätte ich niemals gedacht.“

„Doch, doch. Und er hat auch diese eine Sache mit dem Blut, die auch seine Mutter hatte.“

Es gab immer wieder Gerüchte über das *Hotel* und dass Dada eines dieser Kinder sei, die da arbeiten würden. Ich wusste damals nicht, was es genau zu bedeuten hatte, geschweige denn, was das *Hotel* war.

Als der Lehrer den Unterricht beendet hatte, lief ich sofort zu Dada und was ich sah, schockte mich so sehr, dass ich vergaß, etwas zu sagen. Sein Gesicht war komplett aufgeschwollen. Er sah aus wie ein Boxer nach einem harten Kampf, schrecklich.

Aber was ich damals noch nicht wusste: Es war der Anfang einer Tragödie – unserer Tragödie ...

Kapitel 3

Die zwei geheimen Briefe von Aaliyah

***

Du hast es nicht verdient.

Als wir vor der Tür standen, hast du dich nicht getraut hineinzugehen. Du sagtest, ich solle deine Hand nehmen und sie nie wieder loslassen, weil durch diese Tür zu gehen Schmerz bedeutet hat. Was wir erlebt haben, waren Wunden, die zu Narben wurden.

Du hast mich gefragt, was passieren wird, wenn du stirbst. Dieser Satz erzeugte in mir einen tiefen Schmerz, sodass keine Worte meinen Mund, sondern Tränen meine Augen verließen.

Du hast mich oft umarmt und ermutigt. Obwohl du es warst, die sterben wird, hast du mich getröstet.

Und heute muss ich akzeptieren, dass du Nach Hause gegangen bist.

***

Hoffnung

Die ersten Umzugskartons füllten das Wohnzimmer. Es war der letzte Tag in meiner fast leergeräumten Wohnung. Mit Tee in der Hand ging ich zur Mitte des Raumes und blieb da sekundenlang stehen. Noch ein paar Monate und ich werde Nordrhein-Westfalen endlich verlassen. Vielen schlechten Erinnerungen werde ich für immer den Rücken kehren.

Das Klingeln an der Tür riss mich wieder aus meinen Gedanken. Zu meiner Überraschung stand dort Mardocheé, einer meiner besten Freunde, der ausnahmsweise mal pünktlich kam. Er half mir, einige Sachen in den Keller zu bringen. Bei ihm sollte ich knapp drei Monate leben, bevor ich endgültig nach Stuttgart ziehen würde. Er packte sich einen der Kartons und hob ihn mit einem Ruck hoch.

„Warum willst du überhaupt weg? Ich verstehe das nicht. Bleibe doch hier, hier kannst du dein Leben besser aufbauen.“, sagte er, während er den Bürostuhl in den Flur schob.

Gerne hätte ich jetzt geantwortet, dass es wegen Aaliyah ist, wegen Alexandra, wegen Isabella und vor allem wegen dem ganzen Schmerz, den ich immer noch in mir trug. Aber ich erzählte ihm die Wahrheit nicht. Ich konnte es nicht. „Ich muss einfach was Neues sehen“, antworte ich ruhig.

Er schüttelte den Kopf. „Du immer mit deinen komischen Plänen. Irgendwann hören wir noch, dass du in China bist.“ Wir fingen beide an zu lachen.

Heute schrieben wir den 23.05., den Tag, an dem ich sie treffen sollte. „Gleis 4, RE6 Richtung Düsseldorf

Hauptbahnhof", ertönte es durch die Lautsprecher am Essener Hauptbahnhof. Ich quetschte mich durch die Menge in den Zug hinein.

Auf diesen Tag habe ich sehnsüchtig gewartet. Es fühlte sich so an, als wäre Aaliyah durch eine einzige Nachricht wieder bei mir. Ich warf meine Tasche auf den zweiten Sitz, nahm Platz und betrachtete die anderen Fahrgäste, die miteinander redeten. Wenn sie nur wüssten, was für eine Geschichte ich zu erzählen hatte.

Während der Fahrt drehten sich meine Gedanken um das anstehende Treffen. Hat sie sich verändert, fragte ich mich und neigte mein Kopf nach hinten. Ich schloss die Augen und stellte mir vor, wie Aaliyah am Düsseldorfer Hauptbahnhof stand, ein strahlendes Lächeln im Gesicht mitten im Hauptbahnhof, wo Menschenmassen an uns vorbei liefen, wie ich sie umarme, den Duft ihres Körpers einatme und sie zu mir sagt, sie wäre wieder zurück, um es doch mit mir zu versuchen.

Eine besondere Erinnerung ist mir jedoch im Kopf geblieben: Als sie mir zum Abschied einen Kuss gab. Ihre sanfte Lippen – ich musste bei dem Gedanken anfangen zu lächeln. Ich habe in den letzten Monaten tausendmal an den Kuss denken müssen. Kein Parfüm auf dieser Welt riecht so schön wie ihr Duft, kein Geschmack ist so unwiderstehlich wie ihre Lippen.

Die Reise ging erstaunlicherweise schnell, was aber daran lag, dass ich mir während der Fahrt ausgemalt habe, wie das Treffen sein wird. Dabei verlor ich jedes Zeitgefühl.

Es war genau 17:58 Uhr, als ich am Hauptbahnhof ankam. Wie ein Geist lief ich durch die Menschenmasse und mied jeglichen Augenkontakt. Ich stand am Eingang des Hauptbahnhofs und blickte in Richtung der Anzeigentafel. Als ich auf die Uhr schaute, merkte ich, wie überpünktlich ich war. Um nicht wie bestellt und nicht abgeholt auszusehen, machte ich mich auf den Weg zum UFA-Palast, die ein kleines Café betrieben.

An einer ungestörten Sitzecke nahm ich Platz. Ich schickte ihr noch einen Facebook-Nachricht, die nach zwei Minuten gelesen wurde, aber unbeantwortet blieb.

„Hallo, was möchte der Herr trinken?“ Der Kellner zeigte mit dem Finger auf die Karte, die vor mir auf den Tisch lag.

„Können Sie mir bitte einen grünen Tee zubereiten? Aber bitte erst in zehn Minuten, ich warte noch auf eine Person.“

„Kein Problem, machen wir.“ Der Kellner lächelte mich an.

Ich sah erneut auf die Uhr: 18:37 Uhr. Mein Herz fing an, lauter zu pochen. *Wo bleibt sie nur*? Langsam wurde ich unruhig. Ich fixierte die Uhr, klopfte immer wieder mit dem Zeigefinger auf den Tisch, starrte auf das Handy und hielt Ausschau nach der Person, die schon längst hätte da sein sollen. Mich beschlich das trügerische Gefühl, dass es gar nicht sie war, die mir geschrieben hatte.

18:47 Uhr, plötzlich öffnet eine Frau die Tür. Mein Herz blieb in der Sekunde stehen. Zwei kleine Kinder, beide um die fünf Jahre alt, liefen direkt danach die Mutter ins Café. Wieder nicht die Person, die ich erwartet hatte. Innerlich beleidige ich die junge Dame und ihre Kinder.

Ich klimperte wieder einen Takt mit meinem Zeigefinger auf den Tisch, um nicht verrückt zu werden. Meine Blicke konnten die Uhr an meinem Arm nicht mehr loslassen.

„Oh, waren wir doch zu früh? Ist Ihr Date noch nicht da?“ Die Bedienung servierte mir den Tee.

„Nein, es ist kein Date.“ Ich schaute verlegen zum Kellner rüber und schob das heiße Glas Wasser in meine Richtung.

„Sie ist nur eine ...“

Den Satz noch nicht ganz zu Ende geredet, öffnete jemand die Tür. Als ich sie sah, hatte ich das Gefühl, meine Gliedmaßen nicht mehr zu spüren. Sie erkannte mich sofort und lief wie ein Wirbelsturm direkt zu mir. Jedes Mal musste sie sich bei den anderen Gästen entschuldigen, da sie gegen alles gestoßen ist. „Sorry, dass ich so spät komme, ich habe meinen Bus verpasst.“ Sie setze sich an meinem Tisch, ihre Tasche fest am Körper. Anscheinend hat sie sich beeilt, denn sie keuchte stark. „Ehm hallo, können Sie mir einen grünen Tee machen? Oh, ich sehe, du hast auch einen bestellt. Sehr gut, Keff, du hast gelernt.“

„Kommt sofort“, antwortete der Kellner und zwinkerte mir zu, als ob er mir sagen würde: *Viel Glück, Kleiner*.

„Hallo Keff.“ Sie reichte mir ihre Hand. Ihre Hand zu halten, war ein komisches Gefühl. „Hallo Hakima“, antwortete ich nervös. Wir schauten uns erst sekundenlang in die Augen. Ich zögerte nicht lange und packte all mein Mut zusammen. „Wie geht es ihr?“, fragte ich mit gequälter Stimme.

„Aaliyah?“, erkundigte sie sich.

Ich nickte und versuchte, die Emotionen unter Kontrolle zu halten.Als sie probierte, meinen Blicken zu entkommen, spürte ich sofort die Veränderung in der Atmosphäre. „Na ja, nicht gut, Keff.“

Ich spürte einen stechenden Schmerz in der Brust.

„Sie hat zu allen den Kontakt abgebrochen, nur mit ihrer Familie redet sie noch. Ihr Bruder teilte mir vor ein paar Tagen mit, dass sich ihr Zustand sehr verschlechtert hat. Sie arbeitet zu viel, gibt Deutsch- und Religionsunterricht in einer Mädchenschule in Tripolis. Soweit ich weiß, arbeitet sie nebenher in einem Krankenhaus für Kinder mit traumatischen Erlebnissen. Letztens soll sie mitten im Unterricht umgekippt sein, aber am nächsten Tag verließ sie direkt wieder das Krankenhaus, um weiterzuarbeiten. Und wie geht es dir so? Wie fühlst du dich, Keff?“

Als ob es wichtig war, wie es mir geht. Meine große Liebe stand kurz vor dem Tod und ich fühlte mich schwach, unglaublich schwach, wie bei einem Flugzeugabsturz, bei dem du nur noch beten kannst, dass du heil davonkommst. „Na ja, ich lebe irgendwie.“ Ich lächelte verkrampft zurück.

Der Kellner rettete die peinliche Stille und servierte den Tee. Hakima nippte an ihrem Getränk. „Hör mal zu, Keff, es war nicht leicht für Aaliyah zu gehen, okay? Auch ich vermisse sie, genauso wie du. Sie ist wie eine große Schwester für mich gewesen. Ich bin mit ihr aufgewachsen, ich kenne sie seit Libyen. Dein Schmerz ist auch mein Schmerz, Keff. Glaube mir, sie wäre geblieben, hätte sie diese Krankheit nicht. Sie liebte dich wirklich. Wenn du nur wüsstest, wie oft sie über dich geredet hat, was für schöne Sätze sie für dich übrig hatte, alleine schon wegen deinen Texten."

„Ich weiß. Trotzdem hätte sie bleiben können." Ich begegnete nach Aaliyahs Weggang meinem Schicksal mit Gleichgültigkeit. Es folgte eine bedeutungslose Zeit ohne jeglichen Sinn. „Sie hat mich verlassen, Hakima", sagte ich mit weinerlicher Stimme.

„Keff, es ging nicht nur um dich. Es ging auch um eine andere Person, die genauso sauer auf sie ist wie du. Sie hat mit ihrem Weggang vielen Menschen das Herz gebrochen. Denke auch mal an Aaliyah! Du hast doch ihre Tagebücher gelesen!" Sie machte eine kurze Pause, kam näher zu mir und senkte die Stimme. „Du tust so, als ob du der Einzige bist, der leidet, Keff. Wir leiden alle, okay? Ihre Mutter leidet am meisten von uns. Immerhin hat sie ihre Tochter gehen lassen. Ich leide, weil ich nicht bei ihr sein kann. Leyla leidet. Wir alle leiden sehr, Keff, und wenn du denkst, du bist hier das Opfer, dann hast du dich gewaltig getäuscht." Sie atmete tief ein und wieder aus. „Du hast ein sehr schönes Geschenk von Aaliyah bekommen. Du hast ihre Tagebücher und kennst sie besser als wir alle, alle ihre Geheimnisse, Schmerzen und Wünsche. Sie hat dir ihr Leben gegeben. Hat dir das nicht geholfen?“

Ich schaute verlegen weg, denn ich habe nichts davon gelesen, nicht mal einen einzigen Satz.

Hakima bemerkte, dass mit mir etwas nicht stimmte. „Keff, hast du es überhaupt gelesen?“

Ich schaffe es nicht zu antworten.

Ihr entsetztes Gesicht glich einer Ohrfeige und ihre nette Stimme nahm einen wütenden Klang an. „Schäm dich, Keff!“ Sie stieß einen Seufzer aus, um sich zu beruhigen. „Hier sind die zwei Briefumschläge, die ich dir von Aaliyah überreichen sollte. Hoffentlich liest du es diesmal!“ Sie fing an, in ihrer Tasche zu kramen, und zog zwei weiße Umschläge hervor. „Sie sagte mir, ich solle sie dir nach sechs Monaten überreichen.“ Damit drückte sie mir die zwei großen Briefe in die Hand. Auf einem stand *„Paradies“* und auf dem anderen *„Hoffnung“*. „Ich habe keine Ahnung, was das ist. Sie wollte es mir nicht erzählen. Sie sagte nur, ich solle es dir in genau sechs Monaten geben und exakt der 23.05. sollte es sein. Ich bin echt sehr gespannt!“

Halbherzig griff ich nach den zwei Umschlägen.

„Ich werde jetzt gehen. Vergiss nicht, mir zu sagen, was in diesen Briefen stand.“ Sie stand auf und schloss mich in ihre Arme.

Ich erwiderte ihre Umarmung.

„Du bist was ganz Besonderes, Keff, und ich spüre,

dass du dieser Welt etwas ganz Großes hinterlassen wirst. Höre niemals auf zu schreiben. Aaliyah hat mir damals deine Texte gezeigt. Ich kann es nur wiederholen: Höre niemals auf zu schreiben."

Im Zug angekommen, holte ich die Briefe raus. Auf dem ersten Briefumschlag stand das Wort *„Paradies"* in großen, dicken Druckbuchstaben. Ich öffnete den Brief und mein Herz fing an, beim Lesen schneller zu schlagen. Ich versuchte, stärker Luft zu holen und war geschockt über den Inhalt. Meine Gedanken flogen hin und her.

Als ich mich langsam davon erholt hatte, war ich bereit für den zweiten. Er trug das Wort *„Hoffnung"*. Ich öffnete ihn vorsichtig. Die ersten Sätze, haben mich sofort zum Weinen gebracht. Ich drückte meine Hand gegen meinen Mund, um nicht gehört zu werden.

Die Briefe taten unglaublich weh, aber ich verstand jetzt alles. Diese zweite Botschaft öffnete mein Herz. Ich war endlich frei, frei von meiner Schuld. Ich konnte jetzt ihre Tagebücher lesen, denn sie gaben mir Hoffnung – Hoffnung auf einen Neuanfang ...

Natiela Yo Motema | The. Stu. 3 | Das Gespräch fand im Café 8 in Aachen statt. | Patrice Lumumba sagte die Wahrheit. | Ich suchte Gott und der Herr erhörte mich und tröstete mich. Der Herr ist mit mir, darum fürchte ich mich nicht. Ihr werdet von Gott geliebt und seid seine Auserwählten. Darum zeigt Erbarmen, Güte, Demut, Milde und Geduld. | Fünf Säulen. | 3:19?

Nach dem Unterricht fielen alle weiteren Stunden aus. Wir machten uns gemeinsam wieder auf den Weg nach Hause. Ich schaute immer wieder zu ihm rüber, aber zögerte zu fragen, was passiert ist. Ich selbst kannte das Gefühl zu gut, wenn man so geschlagen wird, dass man einfach mit niemandem reden möchte. Aber Etwas an ihm verwirrte mich, verunsicherte mich vielleicht sogar. Trotz dieser Verletzungen, die er im Gesicht hatte, lächelte er. Er sah, soweit ich mich erinnern konnte, sogar zufrieden aus.

„Was?“, fragte er mich beim Laufen. „Du willst bestimmt wissen, wer mich so geschlagen hat, oder?“

Ich nickte verlegen.

„Es war meine Schuld. Ich sollte im Hotel sein, war aber noch draußen spielen, und wenn mein Vater abends zu viel Bier getrunken hat, wird er schnell sauer.“

„Ich bekomme auch immer Schläge, vor allem vom Lehrer. Letztes Mal hat er mich so fest geschlagen, dass mein lockerer Zahn rausgeflogen ist und ich aus dem Mund blutete, aber der musste eh raus.“ Fast schon stolz zeigte ich mit dem Finger auf die zahnlose Stelle. „Schlägt deine Mutter dich auch?“, erkundigte ich mich neugierig.

„Nein, nur mein Vater. Meine Mutter ist vor ein paar Wochen gestorben. Irgendwas mit dem Blut in ihrem Körper stimmte nicht.“

Ich fand für seine Antwort keine richtige Bemerkung, also äußerte ich den ersten Gedanken, der für mich sinnvoll klang. „Die Frau von meinem Onkel ist auch gestorben. Sie wurde von einem LKW überrollt und sah aus wie eine zermatschte Birne“, versuchte ich stolz zu berichten.

Er schaute auf den Boden. Dann hob er wieder den Kopf, als ob ihm ein Licht aufgegangen ist, und sprach erneut zu mir. „Ein Onkel von mir, Onkel Yves, wurde von einem Löwen gefressen. Es passierte nicht weit von hier.“

Ich hatte alles erwartet aber nicht das. Schließlich hakte ich nach. „Von einem Löwen? Es gibt hier Löwen?“

„Ich habe noch nie einen gesehen, aber mein Vater sagte, wenn es Nacht wird, kommen Löwen in die Stadt, deshalb sollte ich immer vor Nachteinbruch zu Hause sein. Ich glaube, mein Onkel hat das nicht mehr geschafft und wurde deshalb von einem Löwen gefressen.“

Als Kind hatte ich nach der Geschichte fürchterliche Angst und probierte seitdem vor der Dunkelheit zu Hause zu sein, bevor sich ein Löwe an meinem Hintern zu schaffen versuchte.

„Der beste Freund meines Onkels ist einfach so in Flammen aufgegangen und gestorben“, legte ich einen drauf.

„Einfach so?“, fragte Dada.

„Einfach so. Ich glaube, die Sonne hat zu stark geschienen und dann ist er in Flammen aufgegangen und explodiert.“ Fragt mich nicht, wo ich diese Geschichte hergezaubert hatte.

Dada schaute nach oben. Anscheinend überlegte er, welche Ableben er noch so mitbekommen hatte und erzählte mir daraufhin den ultimativen Todesfall. „Der Bruder meiner Mutter ist vier Mal gestorben.“ Dabei zeigte er aber drei Finger.

„Vier Mal? Das geht doch gar nicht.“ Soweit ich damals wusste, konnte man nur ein Mal sterben.

„Doch, doch. Er stand ganz oben in einem Hochhaus. Warum, weiß ich auch nicht. Dann stürzte er ab und mitten beim Fallen hörte er auf zu leben. Dann knallte er auf den Boden und starb dabei noch einmal. Danach wurde er ins Krankenhaus gebracht, wo er zum dritten Mal ums Leben kam.“

„Aber du sagtest vier Mal“ erinnerte ich ihn.

„Ach ja, stimmt. Kurz vor der Beerdigung wachte er kurz auf und starb wieder. So, das waren jetzt vier.“ Ich glaubte ihm kein einziges Wort.

Nach einigen Minuten standen wir wieder vor meiner Haustür.

„Hast du Lust, mit mir und den anderen in unser Geheimversteck mitzukommen? Wir treffen uns dort alle nach der Schule“, erklärte mir Dada.

„Wo ist das geheime Versteck?“

„Der Ort ist geheim.“

„Okay“, antwortete ich knapp und wir trennten uns kurz vor meinem Hof.

Zwar äußerte ich das Okay desinteressiert, war aber dennoch voller Vorfreude auf den Tag. Das Wichtigste daran aber war die Erkenntnis, dass ich endlich einen

Freund hatte, jemanden, der mich bei etwas dabei haben wollte und mich anscheinend mochte.

Aber was ich damals nicht wusste: Es fing mit meinem Traum an und endete in einem Alptraum.

Am nächsten Morgen war ich extrem aufgeregt. Zum ersten Mal in meinem Leben hatte ich Freunde – Freunde, die mich nicht auslachen würden, die mich nicht mit Blut verschmiertem Gesicht in der Klasse liegen lassen würden. Ja, ich hatte Freunde.

Meine Oma pflegte immer zu sagen: „An besonderen Tagen musst du dich gut anziehen, denn Kleider machen Leute." Ich lief also zu meinem Kleiderschrank und öffnete die Tür. Außer ein paar Fliegen und einer Staubwolke, die in mir einen Hustenreiz auslöste, ließ sich nichts Festliches finden. Aber so, wie ich gekleidet war, konnte ich mich auf gar kein Fall sehen lassen.

Meine Oma versteckte unter ihrem Bett die „besondere Kiste", worin einige Prachtstücke lagen, unter anderem auch ein Anzug von meiner Taufe vor einigen Wochen. Während sie draußen die Hühner versorgte, öffnete ich langsam die Tür und schlich mich ins Zimmer. Ich ging auf die Knie, weil es die Geräusche dämmte. Mit großer Mühe schob ich die schwere Kiste aus dem Bett, wischte mit dem Unterarm den Staub weg, und öffnete mit einem Quietschen die Kiste.

Erst fand ich einige afrikanische Gewänder, dann Schmuck, die aus echtem Gold zu sein schienen, und zuletzt auch meinen Anzug. Ich nahm ihn raus, klappte die Kiste in Windeseile zu und schob sie wieder unter das Bett.

Im Wohnzimmer betrachtete ich mich vor dem Spiegel. Ich trug ein weißes Hemd, darüber eine Weste. Der schwarze Anzug machte das Ganze komplett. Es war ein besonderer Tag, also musste ich mich auffällig anziehen.

Um nicht von meiner Oma erwischt zu werden, schlich ich mich leise aus dem Haus und bewegte mich in Richtung der Straßen. Dann sah ich ihn. Dada winkte mir von Weitem zu, mein Herz machte einen Salto und ich wedelte hastig zurück. Als er und die anderen Jungs immer näher kamen, schlug mein Herz schneller. Es pochte in den Ohren, doch ich beruhigte mich mit dem Gedanken, dass sie jetzt meine Freunde waren.

Als die Gruppe von drei Kindern vor mir stand, schaute sie mich unglaubwürdig an. Im folgenden Moment lachten sie alle darauf los – alle außer Dada, der mich immer noch emotionslos ansah.

„Der sieht aus wie ein Pastor!“, Dabei zeigte einer der Bengel auf mich und beide lachten noch lauter.

Ich fühlte mich in dieser Sekunde sehr verletzt und erniedrigt. Ich wollte nur akzeptiert werden, aber jetzt fühlte ich mich wie ein Idiot. Ich fing an, Tränen zu vergießen. Als ich vorsichtig zu Dada schielte, schaute er mich immer noch an. Ich wusste in der Sekunde nicht, was es zu bedeuten hatte. Plötzlich drehte er sich zu den anderen um und gab dem, der am lautesten lachte, eine kräftige Ohrfeige. Ich bin mir nicht sicher, aber es schien, als hätte sein Kopf sich um dreihundertsechzig Grad gedreht. „Hört auf zu lachen! Keiner lacht ihn aus. Das ist nicht okay!“, schrie er in die Gruppe. Beide waren sofort still. Er drehte sich zu mir um, packte meine Hand und zog mich näher in die Fraktion. „Das ist Kerfala, er ist mein bester Freund. Wenn ihr ihn noch einmal auslacht, kriegt ihr alle Prügel.“ Dabei zeigte er den zwei Jungs seine gewaltige Faust. Kurz darauf lächelte er mich an, als ob nichts wäre. „Das ist Jeremia“, stellte er mir die anderen vor. Jeremia trug eine Brille, die viel zu groß für sein Gesicht war. Das Gestell wurde an beide Seiten mit Klebeband zusammengehalten. Er war ein schlanker, großer Junge, fast so groß wie Dada. „Und das ist Moses.“ Moses, der seine Hand immer noch an die Wange hielt, nickte mir zu. Er war viel größer als Dada und sehr kräftig gebaut. Ich wunderte mich, denn seiner Anatomie nach zu urteilen, konnte er Dada locker das Wasser reichen. Ich fragte mich damals, woher Dada diesen Mut hatte, Ohrfeigen an solche Schränke zu verteilen.

Wir machten uns alle auf den Weg zu dem geheimen Ort. Ich in meinem Pastoranzug war der Kleinste in der Gruppe. Obwohl wir in demselben Alter waren, maßen alle mindestens einen Kopf größer als ich. Ich war so klein, dass ich immer, wenn einer von denen redete, nach oben schaute. Lustig, dass ich heute 1,86 Meter groß bin. So lang ich zurückdenken konnte, hatte ich mich noch nie so weit von unserem Häuschen entfernt, von unseren Straßen, unserer Schule, unserem Dorf. Ich verspürte auch nie das Verlangen, es zu tun. Alleine schon die Vorstellung, dass wir, wenn wir abends zu spät nach Hause kommen würden, von Löwen verspeist werden könnten, machte mich nervös.

Wir liefen durch holprige Gehwege, die man damals kaum als Bürgersteige bezeichnen durfte. Es war Nachmittag, die Sonne stand auf ihrem Höhepunkt. Wir schwitzten ganz schön, aber es war kein unangenehmes Gefühl, denn heiße Tagen kannten wir zu gut. In der Luft lag ein starker Geruch nach Autoabgasen. Es war viel Betrieb und Tumult um uns herum, aber keiner beachtete uns, jeder war mit sich selbst beschäftigt. Der eine verkaufte gefälschte Nokia Handys, ein anderer selbstgebastelte Puppen. Wiederum trugen einige Frauen Körbe, in denen sich Früchte befanden, die sie anboten. Ständig fuhren Motorradfahrer und Busse von *Volkswagen* an uns vorbei, die damals in Kinshasa sehr beliebt waren. Damit konnte man mehrere Personen transportieren und manch einer machte daraus eine Geschäftsidee, sodass eine Art Busverkehr entstand.

Wir liefen noch eine gefühlte halbe Stunde durch die Straßen von Kinshasa, bis Dada plötzlich an einer Straßenecke nach links abbog. Er lief eine Böschung hinab und wir folgten ihm wie Soldaten. Dann kletterten wir zwischen hohen Sträuchern auf holprigen Wegen zu einem kleinen Fluss. Plötzlich machte Dada Halt, drehte sich zu mir um und grinste breit.

„Willst du eine echte Leiche sehen?“, fragte er mich.

Ich hatte bis dato schon unzählige tote Menschen gesehen, deshalb war es für mich nichts Besonderes, aber um Dada einen Gefallen zu tun, sagte ich Ja.

Dann liefen wir den Fluss entlang, der uns direkt zu einem Tunnel führte, in dem das Wasser seinen Anfang nahm. Jeremia und Moses blieben stehen und trauten sich nicht mitzukommen.

„Was ist los, habt ihr Angst?“, erkundigte sich Dada und lachte.

„Wir warten“, antwortete Moses und ging kein Schritt weiter.

Dada schaute zu mir rüber und mich packte der Mut. Ich wollte den beiden Jungs und vor allem Dada beweisen, dass ich keine Angst hatte und cool war.

Fest entschlossen bewegte ich mich mit Dada zu der Leiche, ein starker Verwesungsgeruch lag in der Luft. Dann standen wir da und mir war kotzübel, als wir uns vor dem toten Körper aufhielten. Fliegen und andere Kleintiere tummelten sich um die Leiche. Der Tote lag mit dem Bauch auf dem Boden, das Gesicht war mit einer Plastiktüte bedeckt.

Dada hob einen Stock, der auf dem Boden lag, mit der rechten Hand auf. Mit der linken hielt er sich den Mund zu und piekte der Person in die Arschbacken.

„Glaubst du, er wurde von einem Löwen angegriffen, als es Abend wurde?“, fragte ich Dada.

„Kann gut möglich sein. Der linke Arm fehlt ihm ja. Ich glaube, der Löwe hat ihn für seine Kinder mitgenommen, denn auch die haben ja Hunger.“

„Dada, Kerfala, kommt schnell hierhin!“ Jeremia rief uns und wir bewegten uns von der Leiche weg. Er hielt etwas in der Hand. Ich habe es erst für einen Hammer gehalten, aber bei näherer Betrachtung entpuppte es sich als ein Revolver. Wir bildeten einen Kreis und sahen ihn uns genauer an.

„Glaubst du, wir sollten ihn mitnehmen?“, erkundigte sich Moses besorgt.

„Gib ihn mir. Ihr wisst sicher gar nicht, wie man damit umgeht.“ Dada zog an der Waffe.

„Hey, ich habe ihn gefunden, also behalte ich ihn.“ Jeremia versuchte dagegenzuhalten. Es bildete sich ein Gerangel.

Plötzlich hörten wir einen lauten Knall, der uns alle zusammenzucken ließ. Vögel flogen panisch in die Höhe. Ich verspürte ein starkes Brennen, aber konnte nicht einordnen, von wo es kam. Auf meiner linken Bauchseite wurde es nass, ich verlor das Gleichgewicht und torkelte einige Schritte nach hinten. Wie in Zeitlupe knallte ich mit dem Kopf auf den Boden.

Stille ...

Kapitel 4

Kölner Stadtbahn, Linie 18

***

Bei deiner Beerdigung habe ich mir fest vorgenommen, nicht zu weinen. Ich verbot mir selbst, Tränen zu zeigen. Als der Sarg hinabgelassen wurde, und ich das Wimmern der anderen hörte, da wurde mir alles klar. Ich hatte es lange genug verdrängt. Zum ersten Mal akzeptierte ich, dass es das Ende ist, und endlich konnte auch ich weinen. Das war das Ende deines Leidens und der Anfang meines Leidens.

Ich habe mir fest vorgenommen, mich danach selbst umzubringen.

***

Vergebung

Endlich erreichte ich mein Wohnzimmer. Das Abendlicht fiel wie Rosenblätter in meine Wohnung. Mich trieb es direkt in mein Schlafzimmer. Dort zog ich mich aus und bemerkte die Narbe an meiner linken Bauchseite. Eine kurze Erinnerung kam in mir hoch.

Ich drehte mich auf meinem Bett und dachte dann über die Briefe von Aaliyah nach. Diese Worte, diese Sätze, noch nie haben mich Sätze so berührt – ein Feuerwerk der Gefühle. Als die Entschlossenheit stieg, endlich mit den Tagebüchern anzufangen, stand ich auf und bewegte mich in Richtung Wohnzimmer. Ich öffnete die Kommode und nahm ihre drei Tagebücher heraus. Auf dem ersten stand „Aaliyah, Libyen", auf dem zweiten „Aaliyah, Deutschland" und das dritte trug den Titel „Aaliyah, Krebs".

Ich öffnete das erste Buch und überflog die Seiten. Während ich mich in den letzten Monaten immer leerer gefühlt hatte, waren es genau diese Momente, in denen ich bemerkte, wie viel Kraft eine Person einem geben kann, obwohl sie nicht da ist.

Nach dem zweiten öffnete ich nun auch das dritte Tagebuch: „Aaliyah, Krebs". Die ersten Seiten machten mich stutzig. An vielen Stellen des Textes kamen Personennamen wie „Leyla" vor. An anderen Stellen stand: *„Aisha finden in Berlin!"* Der Name „Leyla" tauchte immer wieder auf, manchmal nur ganz kurz, aber manchmal wurden ihr mehrere ganze Texte gewidmet.

Sie erklärte ihre Zeit im Krankenhaus sehr detailliert: die Schmerzen, die Hoffnungslosigkeit, aber auch die Erfolge und glücklichen Momente. Ich hatte das Gefühl, ich hielte etwas in den Händen, das die Welt verändert wird.

Plötzlich klingelte mein Handy, das mich aufschrecken ließ. Ich drückte auf die grüne Taste.

„Hallo Keff? Bist du zu Hause?"

„Wer ist da?", fragte ich verwirrt.

„Ich bin es, Charlene."

Charlene war ein Mixed Girl, der Vater schwarz, die Mutter weiß, eine recht große Frau, die – glaube ich jedenfalls zu wissen – genauso groß war wie ich. Ein auf den ersten Blick selbstbewusstes, intelligentes Mädchen. Sie verliebte sich direkt in meine Texte, die ich ihr mal bei einer Hausparty von meinem Handy aus vorlas. Ich merkte schnell, dass sie Gefühle für mich hatte. Vielleicht vertue ich mich auch, aber kein Mädchen ruft um 2:00 Uhr morgens einen Jungen an, um bei ihm zu sein.

Ich spürte schnell, dass Charlene nicht die Art Frau ist wie ich mir vorgestellt hatte, obwohl mir ihr Aussehen ausgesprochen gut gefiel.

Vom Aussehen her war sie in meinen Augen jedoch sehr hübsch. Sie ließ sich in ihrem Alter noch leicht von Freunden manipulieren.

Partys waren damals ihr Leben. Ich wollte keine Frau haben, die sich freitags und samstags in irgendwelchen Diskotheken oder auf Hauspartys vergnügte. Deshalb war für mich klar, dass aus uns niemals was werden wird. Ich wollte definitiv kein Partymäuschen.

„Ich bin hier bei Mardocheé. Ich würde gerne bei dir schlafen, wenn du nichts dagegen hast. Hier ist leider kein Platz.“

Ich hielt es für eine schlechte Idee, aber wollte nicht unhöflich sein, also holte ich sie auf halber Strecke ab. Sie natürlich etwas angetrunken, liefen wir vom Essener Hauptbahnhof in Richtung Berliner Platz.

„Was ist los, Keff? Du bist so ruhig.“ Dabei stupste sie mich an und warf mir ein alkoholisiertes Lächeln hinterher.

„Alles gut. Du solltest weniger trinken, Charlene.“

„So betrunken bin ich auch nicht“, versuchte sie sich zu verteidigen. Dabei zog ich sie wieder auf den Gehweg, damit sie nicht überfahren wird.

Mitten auf den Weg, fing es an zu regnen, unsere Schritte wurden schneller. In betrunkenem Zustand gestaltete sich das für sie allerdings als etwas schwieriger, deshalb stützte ich sie.

„Hast du irgendwelche Klamotten für mich?“, fragte sie, als wir vor meiner Haustür standen.

„Für dich immer.“ Wir gingen die Treppe hoch zu meiner Wohnung im zweiten Stock. Ich war so müde, dass ich ihr schnell mein Shirt und meine Jogginghose gab, um mich wieder hinlegen zu können. „Gute Nacht, Charlene.“

„Gute Nacht“, flüstere sie, als wir beide im Bett lagen.

Nach einigen Minuten merkte ich, wie sie sich mir näherte. „Was ist los? Du redest sonst immer so viel. Heute bist du so ruhig“, hakte sie noch einmal nach.

„War ein anstrengender Tag, liegt nicht an dir."

Sie seufzte. „Willst du denn nicht näher zu mir kommen?"

„Es ist besser, wenn nicht, Charlene. Du bist besoffen. Du weißt nicht, was du redest."

„Ich weiß, was ich sage. Chill mal." Ihre Stimme klang genervt.

Auch wenn es ein leichtes Spiel für mich gewesen wäre, aber ich war fest entschlossen, sie nicht anzufassen. Zu meiner Erleichterung schlief sie auch ganz schnell ein. Der Alkohol hatte sie besiegt.

Die Morgensonne brach durch die Blätter der Bäume und sandte ein paar warme, helle Strahlen in das Innere meines Schlafzimmers. Ich stand früh auf und machte Frühstück.

Als ich mit der Tischdekoration fertig war, setze ich mich allein mit meinem Tee hin. Charlene kam einige Zeit später etwas schüchtern aus dem Schlafzimmer. Sie schenkte mir ein schnelles „Guten Morgen" und verschwand direkt im Badezimmer. Nachdem sie sich frisch gemacht hatte, gesellte sie sich zu mir. Ich fand sie immer noch sehr besonders – im positiven Sinne.

„Hast du das alles für mich angerichtet?"

Ich nickte und nahm einen großen Schluck von meinem Früchtetee. Sie studierte förmlich das Essen. Zuerst nahm sie das Brot in die Hand, dann den Käse. Ich beobachtete sie, während sie aß.

„Willst du nichts?"

„Ich habe schon." Ich schenkte ihr ein Lächeln. Nachdem sie zu Ende gegessen hatte, half sie mir, den Tisch abzuräumen.

„Ich werde jetzt gehen. Ich danke dir für alles, Keff."

Dieser Satz überraschte mich. Es war nicht mein Wunsch, mich schnell zu verabschieden, wiederum hatte ich auch nichts dagegen einzuwenden. Ich wollte einfach nur alleine sein. „Weißt du, wann die Züge nach Bielefeld fahren?", fragte ich sie. Sie nickte nur und zog ihre Klamotten an.

Als ich sie zu Tür begleitete, sah sie mir lange in die Augen. Ich wünschte, ich hätte irgendetwas gesagt, etwas Nettes wie „Hat mich gefreut" oder „Bleib wie du bist, denn so bist du schön". Stattdessen verließ nur ein kaltes „Ciao" meinen Mund. Ich wünschte mir, ich hätte mehr sagen können.

Nachdem die Tür geschlossen wurde, setzte ich meine Lesebrille auf und vertiefte mich nochmals in Aaliyahs Bücher. Der Name „Leyla" ging mir nicht mehr aus dem Kopf. Irgendwie hatte ich das Gefühl, dass ich, wenn ich ein Buch über Aaliyah schreiben möchte, wissen muss, wer diese Leyla ist. Ich fand eine Anschrift in den Notizen: das „Starbucks" in der Nähe des Kölner Hauptbahnhofs. Sollte ich dahin gehen? Sollte ich mich auf das Abenteuer einlassen?

Ein leises „Ja" kam aus meinem Herzen und man sagt ja, höre auf dein Herz.

Immer wieder schaute ich ungeduldig auf die Uhr. Ich befand mich im „ibis"-Hotel in Köln Messe-Deutz. Entschlossen schnappte ich mir ihre Tagebücher, die auf dem Nachttisch lagen und immer noch ein Mysterium für mich darstellten. Denn darin standen viele Namen, die ich noch nicht zuordnen konnte. Wer war Aisha? Warum war es für Aaliyah so wichtig, Aisha in Berlin zu finden? Um nicht zu spät zu kommen, lief ich pünktlich aus dem Hotel in Richtung Hauptbahnhof zum besagten Café, wo sich Leyla befinden sollte. Eine enorme Nervosität überkam mich.

Nach knapp fünfundzwanzig Minuten erreichte ich das Ziel. Der Kölner Hauptbahnhof – überall Hektik und rennende Personen, Gruppen mit ihren Reisetaschen und Koffern, eine interessante Zone für verschiedene Rassen und Kulturen. Ich schaute auf mein Handy, in dem der Name des Lokals gespeichert war. Endlich stand ich vor dem Eingang. Hier also sollte sich Leyla befinden.

Entschieden öffnete ich die Tür und konnte direkt die gemütliche Atmosphäre spüren. Ich beobachtete, wie einige ältere Herren wild diskutierten. Einige Frauen genossen ihren Kuchen, andere wiederum saßen alleine und vertieften sich mit einem Kaffee in der Hand in eine Zeitung. Manche von ihnen betrachteten mich kurz, um bald darauf desinteressiert wieder wegzuschauen.

Eine Frau mit giftgrünen Haaren hinter der Theke fiel mir direkt auf, weil ich ihre Frisur als unglaublich hässlich empfand. Sie war damit beschäftigt, die Kaffeemaschine mit einem Lappen zu säubern. Ich lief zur Theke und setzte mich auf einen der Sitze.

„Hallo, was möchten Sie trinken?" Ein dunkelhäutiges Mädchen mit sehr hübschen Gesichtszügen lächelte mich gekünstelt an. Ich weiß noch, dass ich mich fragte, ob es Schminke oder ihre natürliche Hautfarbe war. Am meisten fielen mir ihre Augen auf. Sie waren hellbraun, ein Traum. Sie schaute mich verwundert an und wiederholte nochmals ihren Satz. „Hallo, was möchten Sie trinken?“

Ich wollte gerade antworten, da sah ich ihr silbernes Namensschild. „LEYLA“ stand darauf geschrieben. Wenn das ihr Nachname ist, dann hieß sie wohl mit Vornamen „Aisha“. Mir fiel plötzlich auf, dass sie immer noch auf eine Antwort wartete. „Einen Tee, bitte“.

„Welchen? Klein, mittel oder groß?“ Sie zeigte mit dem Finger auf die Tassen, um die Größen zu demonstrieren. Ich wählte die mittlere. Routiniert goss sie heißes Wasser in die Tasse und reichte mir den Tee über die Theke. Ich ließ ihn etwas abkühlen, nahm einen Schluck und beobachtete, wie Leyla ihren Platz hinter dem Tresen verließ. Als sie zurückkam, legte sie ihr Portemonnaie und den Schlüssel auf dem Tresen ab, um sich noch von ihren Arbeitskollegen zu verabschieden.

„Wie, du gehst jetzt schon?“, fragte die Arbeitskollegin mit den giftgrünen Haaren.

„Ja, ich muss noch einige Einkäufe machen. Ich habe mit Ahmed geredet, er übernimmt die letzten zwei Stunden für mich.“ Sie senkte Ihren Kopf, als würde sie sich für etwas schämen. „Du, Feride, kannst du mir 20 Euro leihen? Du bekommst es am Ende des Monats wieder, versprochen“, flüsterte sie der Freundin zu. Ich hörte ungewollt mit. Na ja, vielleicht wollte ich es auch hören.

„Du schuldest mir schon 25 Euro vom letzten Monat, schon vergessen?“

„Fuck! Ja, stimmt, tut mir leid“, erwiderte sie peinlich berührt und nahm ihre Tasche an sich.

Die Freundin griff nach ihrer Jeanstasche und holte einen 20-Euro-Schein raus.

„Ich weiß, dass du es dringender brauchst als ich. Aber ich möchte, dass du das tust, worüber wir gesprochen haben.“

Leyla nickte.

„Leyla, versprich mir, dass du dahin gehen wirst. Es ist wichtig für dich! Tue bitte nichts Dummes. Ich will nicht, dass du dir wegen der Sache etwas antust. Versprich es!“

Sie nickte wieder, mied aber ihre Blicke. Sie umarmten sich, danach lief sie eilig in Richtung des Ausgangs. Ich folgte ihr hastig und unauffällig. Sie lief die Treppen runter zu den U-Bahnen. Da standen wir, um uns herum andere Fahrgäste mit Gepäck und Tüten.

Nach gefühlten zehn Minuten kam die Linie 18. Sie lief rein, ich ging diskret hinterher. Ich nahm mir einen Sitzplatz, von dem aus ich sie in Blick behalten konnte. Die Bahn ruckelte sich in Bewegung und die Haltestelle verschwand aus meinem Blickfeld. Wir verließen den Tunnel und befanden uns wieder auf der Straße. Ich lehnte meinen Kopf zurück, schaute nach rechts und beobachtete, wie die Ampeln und Autos in der Dunkelheit an mir vorbeizogen. Meine Blicke wanderten wieder zu ihr. Als ich sie so ansah, überkam mich ein seltsames Gefühl. Sie hatte diesen leeren Blick, wirkte nachdenklich, fast schon traurig. Ich kannte ihn ganz genau, diesen Was-soll-ich-nur-tun-Blick, aber vielleicht hatte Sie auch einfach nur einen anstrengenden Tag. Ich blickte noch einige Sekunden zu ihr, bis ich vor Müdigkeit meine Augen schloss.

Bald darauf öffnete ich sie wieder. Plötzlich stand sie auf und lief in meine Richtung. Die Panik stand ihr ins Gesicht geschrieben. Sie nahm einen Messer aus der Tasche und schaute mir tief in die Augen. Mein Herz fing an, wie verrückt zu pochen. Mit schnellen Schritten kam sie immer näher. Sie schnitt sich beim Laufen in den Unterarm.

„Ist es das, was du wolltest?“, kreischte sie mich an und schnitt sich in den anderen Arm. Überall auf den Boden war Blut.

Meine Gefühle verwandelten sich in Todesangst. Ich stand auf, lief zu ihr und packte sie am Oberkörper. „Was machst du da?“, schrie ich sie an.

Ihr Körper war mittlerweile übersät von Schnittwunden, aus denen das Blut floss. Ich hatte es überall an meinen Händen. Sie schaute mich an. Das Leben tropfte auch aus ihrem Mund. „Du hast mich im Stich gelassen, Keff!“ Sie weinte bitterlich und sackte zusammen. „Sie hat mich getötet, Keff!“

„Wer hat dich getötet?“

Sie zeigte mit den Finger nach links. Plötzlich stand dort Aaliyah. „Sie war es, sie!“

Ich konnte mich nicht mehr bewegen. Meine Arme und Füße lagen plötzlich in Ketten. Leyla schloss ihre Augen. Sie starb in meinen Armen und ich konnte nichts mehr für sie tun.

Das Öffnen der U-Bahn-Türen katapultierte mich wieder in die Realität zurück. Ich schaute mich in Panik um und atmete schwer. Als ich bemerkte, dass es nur ein Traum war, nahm ich einen tiefen Atemzug. *Was für ein schrecklicher Albtraum.*

Sie stieg plötzlich aus der U-Bahn aus. Ich drehte mich noch zu ihr um und überlegte für eine Sekunde, ob ich ihr hinterherlaufen sollte, aber ich ließ es sein. Mit schnellen Schritten wechselte sie die Straßenseite und verschwand aus meinem Blick.

An der nächsten Haltestelle stieg ich aus und nahm die entgegengesetzte Richtung, zurück zum Hauptbahnhof. Während der Fahrt schossen mir wieder unzählige Gedanken durch den Kopf. Wer war dieses Mädchen? Was für eine Verbindung hatte sie zu Aaliyah?

Angekommen im Hotel, legte ich mich todmüde auf mein Bett. Ich fiel in einem sehr tiefen Schlaf und befand mich erneut in einem Traum, den ich seit sechs Monaten immer wieder hatte. Eigentlich wollte ich diesen Traum für mich behalten, aber ich will ehrlich zu euch sein. Ich will, dass ihr alles von mir erfahrt, und deshalb werde ich meinen Traum mit euch teilen.

Der Traum

Es ist Nacht. Ich laufe über verbrannte Erde, rechts und links ausgetrocknete Bäume. An verschiedenen Orten sieht man kleine Feuerstellen. Die Asche vom Feuer löst ein Hustenreiz in mir aus. Beim Laufen werden meine Füße schwer wie Blei.

Mitten auf dem Feld entdecke ich eine hell leuchtende, weiße Villa, wunderschön in ihrer Erscheinung. Ich bewege mich in Richtung des Palastes. Dann stehe ich vor der Tür. Ich öffne sie und befinde mich im Eingangsbereich. Weiße, hohe Wände und ein Hochglanz-Marmorboden strahlen mich an. Ich sehe keine Möbel, der Raum wirkt komplett leer. Plötzlich bemerke ich jemanden am Gartenfenster und bewege mich langsam zu dieser Person.

„Hallo Keff! Schön, dass du hier bist."

Ein Mann mit grauem Haar und ebensolchem Bart in einem komplett weißen Anzug spricht mit mir, aber dreht sich nicht um. Er schaut aus dem Gartenfenster und auch meine Blicke wandern dahin: Ein wunderschöner Garten mit perfektem grünen, gleichmäßigem Rasen. Vögel zwitschern herum, Bäume tragen Früchte in sämtlichen Farben und Größen an sich, darüber prangt ein paradiesischer blauer Himmel. Ich sehe einen See, in dem Milch und Honig anstatt Wasser fließt. Der Gehweg ist aus Gold, es riecht nach Moschus und Rosenblättern. Jeder Atemzug duftet noch erfreulicher als der letzte. Es ist der wundervollste Ort, den ich je gesehen habe, unbeschreiblich schön.

„Wo bin ich?“, frage ich den Mann im weißen Anzug.

„Im Paradies, Keff.“

„Bin ich tot?“

„Nein.“ Bei der Antwort dreht er sich um und lächelt. Er hat überraschenderweise eine dunkle Hautfarbe und fast schon afrikanische Gesichtszüge.

„Wer bist du?“, wollte ich wissen.

„Du.“

„Wie ‚du‘?“

„Ich bin du.“ Dabei ändert sich sein Gesichtsausdruck in Trauer. „Du trinkst Gift, jeden Tag einen Schluck mehr. Du wirst daran sterben. Ich fühle es. Ich glaube, du fühlst es selbst, nicht wahr? Du wirst bald sterben, ich sehe es kommen.“

„Ich verstehe es nicht. Ich verstehe nicht, was du mir sagen willst“, drücke ich mich besorgt aus.

Er redet weiter und seine Stimme wird lauter und bedrohlicher. „Du befindest dich in der Hölle, mittendrin. Es ist der Ruhm, das Geld. Geh und lege dich selbst in Ketten. Sei ein Sklave. Sei ein Sklave, denn nur dann kannst du frei sein. Ich gebe dir eine Warnung: Das Ende der Zeit schläft nicht, es ist wach. Es ist hellwach und du bist mittendrin.“ Er dreht sich um und fängt an zu weinen. Sein Blick wird ernsthaft und direkt. „Du wirst in der Hölle sein.“

Mein Herz zieht sich zusammen, denn diese Aussage schmerzt sehr. „Das ist unmöglich. Ich bete und lese den Koran. Ich habe sogar gefastet. Das ist eine Unverschämtheit.“

Der Mann weint, schluchzt und gibt mir keine Antwort.

Plötzlich ist er hinter mir und greift nach meinen Schultern. Er flüstert mir zu: „Ich werde dir jetzt zeigen, warum du in die Hölle kommst.“

Dieser Satz war wie ein Schlag ins Gesicht. Mein Körper schrumpft in seiner Handfläche, ist nur noch so groß wie ein Tennisball. Er nimmt mich mit zu einer roten Tür. Dann öffnet er sie und mit einem Schwung wirft er mich hinein. Ich fliege in den Raum und schreie so laut ich kann.

Ich spüre den Wind und öffne die Augen. Der Raum ist schwarz, ich werde immer schneller und schneller. Ich sehe in den dunklen Raum. Bilder aus meiner Vergangenheit rasen auf mich zu. Links und rechts blitzen meine jetzigen Sünden auf. Unter anderem sehe ich, wie ich in der Diskothek Alkohol trinke, besoffen Frauen anspreche und mit ihnen herummache.

Ich schaue nach rechts. Ich sehe mich mit Menschen über die Religion diskutieren. Ich sehe, wie ich mit Wut und Hass versuche, sie von meiner Religion zu überzeugen. Ich melde mich nicht bei Menschen, die ich liebe. Ich gebe Geld für sinnlose Dinge aus und spende keinen Cent an die, die es brauchen. Ich bedanke mich nicht mehr bei Gott für die Dinge, die ich besitze. Ich bete nicht mehr. Ich lese nicht mehr den Koran.

Dann sehe ich nach links. Ich sehe, wie ich über andere Menschen lästere, falsch urteile, mich lustig mache.

Ich schaue wieder nach rechts. Sehe, wie ich Frauen anschreibe, nur, um sie ins Bett zu locken. Ich erkenne

Eifersucht und Neid in mir. Ich entdecke viel Wut und Hass in mir. Ich sehe, wie ich in Wettbüro sitze und Geld einsetze. Ich sehe auch, wie ich 24 Stunden an das Geld denke. ich sehe mich auf Instagram angeben und ich sehe mich, wie ich den Ruhm genieße.

Ein großer Knall.

Ich liege auf den Boden, um mich herum überall Müllberge. Menschen kriechen verdreckt und völlig abgemagert auf dem Boden herum. Manche sind angekettet, ihre Körperteile sind verdreht. Sie schreien vor Schmerzen, überall verschmutzt aussehende Menschen.

„Wo bin ich?", schreie ich mit Tränen im Gesicht.

„In der Hölle", ruft eine Stimme von oben. Es war meine eigene.

Liwa ezo tambola malembe | The. Stu. 4 | Das Gespräch fand im Café 9 in Dortmund statt. | Marcel Krass sagt die Wahrheit. | Furcht ist nicht in der Liebe, sondern die vollkommene Liebe treibt die Furcht aus, denn die Furcht rechnet mit Strafe. Wer sich aber fürchtet, der ist nicht vollkommen in der Liebe. | Harut und Marut | 20:131?

Ich spürte ein starkes Schütteln meines Körpers. Mit aller Kraft versuchte ich, zuerst ein Auge zu öffnen und dann das nächste. Ich befand mich auf den Rücken meines Onkels. Er rannte. Ich verfiel wieder in einen tiefen Schlaf.

Vorsichtig öffnete ich die Augen wieder, blinzelte ein paar Mal. Ich schwenkte meine Blicke nach rechts und links, bis mein Gehirn endlich die Puzzleteile zusammensetzte. Eine große Halle. Einige Menschen lagen in ihren Betten, manche saßen. Sie hatten überall Verletzungen an Armen und Gesichtern. Ich schaute nach oben, eine baumelnde Lampe blendete mich. Anscheinend befand ich mich in einem Krankenhaus. Ich fühlte mich schwach, also ob ich bei einem Boxkampf K.O. geschlagen wurde. Aus der Ferne nahm ich Hustengeräusche und weinende Babys wahr. Ein warmer Schmerz machte sich links neben meinen Bauchnabel bemerkbar.

Dann erinnerte ich mich wieder, Bilder tauchten in meinem Kopf auf. Ich wurde angeschossen. Ich lebe noch. Heute weiß ich, was für ein Glück ich gehabt haben muss. Ein Zentimeter weiter rechts, und ich wäre heute tot. Ich erinnerte mich an die Worte meines Onkels, der mir damals sagte: „Keff, wenn man in Kinshasa in ein Krankenhaus gebracht wird, kommt man nicht dorthin, um geheilt zu werden. Man ist da, um zu sterben.“ Aber ich wollte nicht sterben. Ich verfiel in Panik und rief nach meiner Oma. Ich schrie mir die Seele aus dem Leib. Die ganze Halle drehte sich zu mir.

„Hey, warum schreist du?“ Eine Krankenschwester eilte herbei.

„Ich will nicht sterben“, schluchzte ich ihre Richtung.

„Quatsch, du wirst nicht sterben. Dein Onkel ist gleich da, er begleicht nur noch die letzte Rechnung.“

Diese Worte beruhigten mich. Damals wie heute ist es so, dass du erst operiert werden kannst, wenn du in Vorkasse gehst. Sowas wie eine Krankenversicherung gab es nicht. Das bedeutete, wenn du einen Unfall oder eine schwere Krankheit hattest, war dir der Tod sicher. Viele setzten eben ihre Hoffnung in Gott. Ich hörte damals sogar Geschichten, dass manche Menschen am Empfangsbereich blutend zusammengebrochen sind, weil sie vergeblich auf das Geld der Verwandten gewartet haben.

Nach einigen Minuten sah ich meinen Onkel neben einem anderen Mann, der groß und kräftig gebaut war, in meine Richtung laufen. Ich weiß nicht, warum, aber als ich ihn sah, stieg eine gewisse Angst in mir auf. Es könnte aber auch ein Gefühl der Bedrohung gewesen sein, so genau weiß ich es nicht mehr. Dann erkannte ich hinter ihnen Dada.

„Bewege deinen Arsch!“, schrie der Mann Dada an, der vor Schreck sein Tempo erhöhte. Dann standen alle drei vor mir. „Hallo, ich bin Dadas Vater.“ Er war größer als alle Menschen, die ich bis jetzt getroffen habe, und dazu noch sehr schwarz – noch schwärzer als mein Onkel Franco, der als der schwärzeste Afrikaner bekannt war. Seine gelben Zähne und sein ungepflegter Bart erzeugten in mir ein Ekelgefühl.

Eine unangenehme Atmosphäre lag in der Luft.

„Kerfala wir müssen wissen, wer die Waffe gefunden und auf dich geschossen hat, wegen den Kosten.“, erklärte mein Onkel.

„War es Daniel?“, fügte sein Vater hinzu. Ich erlebte den Vater gereizt und aggressiv. Schnell schaute ich zu Dada rüber, der seinen Kopf gesenkt hielt. Ich weiß nicht, woher, aber ich verspürte eine gewisse Angst bei ihm. Das gefiel mir nicht.

„Ich habe sie gefunden!“, log ich meinen Onkel an.

„Wer hat geschossen?“, fragte mein Onkel erneut.

Ich sah wieder zu Dada und überlegte mir gleichzeitig eine passende Lüge. „Ich weiß es nicht mehr. Ich kann mich nicht erinnern.“

„Wenn er sich nicht mehr erinnern kann, ist der Fall abgeschlossen.“ Die Stimme von Dadas Vater erklang in einem tiefen Bass.

„Weißt du wirklich nicht mehr?“, hakte mein Onkel mit zweifelndem Unterton nach. Ich schüttelte den Kopf.

Der Vater griff nach Dadas Hand, der ein leises „Aua“ von sich gab. „Das wird mir hier zu bunt. Wir zahlen gar nichts! Er kann sich nicht mehr erinnern, somit ist der Fall für uns erledigt. Schönen Abend!“

„Kerfala, da sind 300 Dollar, die wir gerade zahlen mussten. Das ist meine ganze Ersparnis der letzten acht Monate!“ Mir kamen die Tränen, weil ich unglaubliche Schuldgefühle hatte. „Warum bist du überhaupt mit ihm befreundet? Du weißt doch, dass er eines dieser Kinder ist, die in diesem Hotel arbeiten, oder?“

„Was ist mit dem Hotel?"

Mein Onkel schaute mir in die Augen. „Dada ist nicht wie die anderen Jungen oder Freunde, die du hast." Dada war lustigerweise der einzige Freund, den ich hatte. „Es gibt etwas, was ich dir jetzt noch nicht sagen möchte, aber bitte pass genau auf. In der Nähe von Dada zu sein, kann dir den Tod bringen. Spiele vorsichtig mit ihm!" Ich verstand immer noch nicht, was er mir damit verständlich machen wollte.

Knapp ein Monat verging. Dada und ich hatten uns seit dem Krankenhausbesuch nicht mehr getroffen. Auch in der Klasse ignorierte er mich. Ich fing an, ihn zu vermissen. Er war der erste Junge in meiner Klasse, der mich in Schutz nahm und mich verteidigte. Dada war mehr als ein Freund, er war wie mein großer Bruder, zu dem ich aufschaute. Ich wollte genauso sein wie Dada, mutig und stark.

Im Sommer blieben wir abends immer etwas länger draußen. An einem dieser Abende lief ich zu Dadas Haus. Ich stellte fest, dass es das erste Mal war, dass ich ihn besuchen wollte. Sein Haus stand gerade mal acht Minuten Laufweg von uns entfernt. Wir lebten in einem Dorf, wo jeder jeden kannte, deshalb war es nicht schwer zu wissen, wer wo wohnte.

Ich betrat einen Hof, in dem sich mehrere kleine Wohnhäuser befanden. Dort stellte ich mich unter jedes Fenster, um nach Dada zu rufen. In einem der Bungalows vernahm ich die donnernde Stimme von Dadas Vater. Ich hörte Dada weinen und spürte deutlich, dass etwas Entsetzliches vor sich ging. Aus den Fenstern drangen dumpfe Töne. Ich kannte diese Geräusche genau – sie kamen von Schlägen. Allerdings gab es einen wesentlichen Unterschied. Mein Lehrer hörte auf, wenn mein Weinen zu laut wurde und ich anfing zu bluten. Ich schaute durch das Fenster und erkannte dahinter die Küche. Dadas Vater stand darin und hielt eine Art Peitsche in der Hand, mit der er immer wieder auf Dadas nackten und zusammengekauerten Körper schlug.

„Warum warst du heute nicht im Hotel? Glaubst du, du kannst dich ausruhen?“ Er traf immer wieder seinen blutigen Rücken, der mit zahlreichen Peitschenhieben gezeichnet war. „Du bist Scheiße, mehr bist du nicht! Dreck bist du!“

Ich war starr vor Angst, wusste nicht, wie ich handeln oder was ich machen sollte. Es herrschte ein riesen Chaos in meinem Kopf, totale Verwirrung. Ich ging auf die Knie und hielt meine Ohren zu. Minutenlang hielt ich sie zu. Ich konnte die Schreie nicht länger ertragen.

Auf einmal öffnete sich die Tür des Bungalows. Ich bekam Panik und versteckte mich. Als ich vorsichtig um die Ecke der Mauer schaute, sah ich Dada, der seelenruhig ohne mich zu bemerken das Haus verließ. Er setzte sich am Straßenrand nieder. Ich ging leise und vorsichtig zu ihm.

„Hallo Dada“, begrüßte ich ihn mit einer Stimme aus Angst, Mitleid und Enttäuschung.

„Was machst du denn hier?“ Er schien sehr überrascht, mich zu sehen, und verdeckte direkt sein Gesicht.

„Wir haben uns lange nicht mehr getroffen und deshalb wollte ich dich abholen. Ich wollte ..." Ich holte tief Luft. „Ich wollte fragen, ob wir wieder beste Freunde sein können."

Er antwortete mir nicht. Ich wusste nicht, ob ich es als Ja oder Nein bewerten sollte. „Würdest du mit mir nach Europa gehen?", fragte er mich stattdessen und drehte dabei seinen Kopf zu mir. Ich erkannte das aufgeschwollene Gesicht, er sah schrecklich aus.

„Was ist Europa?"

„Du kennst Europa nicht?"

Ich schüttelte den Kopf. In meinem Alter kannte ich nur den Supermarkt, mein Dorf und die Kirche, wo der gefürchtete Pastor Lingo unterrichtete, ansonsten nichts.

„Meine Mutter sagte damals, kurz bevor sie starb, zu mir, ich solle eines Tages nach Europa gehen." Dada blickte wieder in den Himmel, der an diesem Abend sternenklar war. „Sie hat gesagt, in Europa muss niemand leiden, in Europa hat jeder genug zu essen. Und weißt du was? Es gibt tausende Spielzeuge nur für uns alleine." Er sah auf den Boden und seine Blicke verfinsterten sich. Ich spürte Schmerz in Dadas Stimme.

Vorsichtig setzte ich mich neben ihn und legte mein Arm um ihn.

„Weißt du was, Kerfala? In Europa sterben keine Menschen, keine Mütter und Väter. Alle leben für immer."

„Wirklich für immer?"

„Ja, wirklich. Meine Mutter hat mir erzählt, egal, was du hast, selbst wenn du nur Husten hast, gibt es

Medikamente, die dich sofort heilen können. Und die Menschen essen zwei bis drei Mal am Tag. Sie besitzen sogar so viel Essen, dass sie einiges davon wegschmeißen müssen."

Meine Augen wurden groß. Damals bekamen wir nur eine Mahlzeit am Tag, wenn wir Glück hatten. Es gab es morgens oder abends Brot mit Butter und Erdnüsse, ab und zu auch Milch anstatt Wasser. Ein bis zwei Mal im Jahr gab es auch Fleisch, meistens an Weihnachten und Ostern. Ich konnte mir absolut nicht vorstellen, dass man drei Mal am Tag essen erhielt und so viel, dass man es sogar wegschmeißen muss.

„Wie lange dauert es bis wir in Europa sind?", fragte ich neugierig.

„Hm ... Also laut meiner Berechnung wären das acht Stunden Laufweg bis nach Europa."

„Acht Stunden? Ist das lange? Ich glaube, ich schaffe das nicht."

„Sage nicht immer, du schaffst das nicht. Gemeinsam schaffen wir alles."

Ich löste die Umarmung und überlegte kurz. Nach Europa. Kein Hunger, jede Menge Spielzeuge und du wirst niemals sterben, niemals krank werden. Ich dachte an Schokolade, ich dachte an Reis mit Madesu, Pondu und Mapapu, meine afrikanischen Lieblingsgerichte. Ich dachte an so vieles, aber am meisten dachte ich daran, dass Dada dann endlich nicht mehr geschlagen wird, dass wir nicht mehr geschlagen werden. „Okay, ich komme mit. Wann geht es los?"

„Morgen früh."

„Morgen früh? Aber ich muss mich um die Hühner kümmern, das habe ich meiner Oma versprochen."

„Wenn du in Europa bist, wirst du ihnen tausende Hühner schicken können. Die gibt es da in Massen."

Ich überlegte wieder. „Was ist mit deinen Geschwistern? Du lässt sie allein?"

„Die werde ich nachholen. Sobald ich da bin, besorge ich mir einen Job. Ich werde vielleicht irgendwo in einem Restaurant arbeiten, Geld zusammensparen und dann hole ich sie zu mir."

„Aber Dada, du bist acht Jahre. Glaubst du, du bekommst einen Job?"

„Na klar, ich habe Kraft."

Ich war fest entschlossen, mit Dada nach Europa zu gehen. Dann würde ich meine Oma nachholen, meinen Onkel, die Tanten. Alle Menschen würde ich nachholen, nur meine Mutter nicht, denn die hasste ich.

„Was soll ich mitbringen?", wollte ich wissen.

Er stand auf und wischte sich den Staub vom Körper, dabei machte er einen schmerzerfülltes Gesicht. Ich konnte Blutspuren an seinem Shirt erkennen. „Nimm Wasser mit und frische Kleidung. Nimm am besten deinen Anzug mit. Du musst gut aussehen in Europa, denn alle sehen da schön aus." Er kam näher zu mir und fing an zu flüstern. „Wenn es möglich wäre, nimm auch ein bisschen Geld mit. Ich habe sechs Dollar, die ich versteckt habe. Das wird bis Europa reichen."

Ich nickte.

„Komm am besten ganz früh zu mir, so, als ob du zur Schule gehen würdest. Mein Vater ist morgens nie zu Hause. Klopfe vier Mal an die Tür, dann weiß ich, dass du es bist.“

Ich nickte erneut und wir verabschiedeten uns.

Ihr habt wirklich versucht, nach Europa zu kommen?

Wir waren Kinder, die nach einem schönen Leben suchten. Aus dem Schmerz und den Enttäuschungen schufen wir uns ein Neverland und dahin wollten wir, in dieses Land, wo keiner leiden musste und wo es genug Essen gab. Aber hätte ich gewusst, was danach passieren würde, ich wäre nie gegangen.

Das war der Beginn der Tragödie, der Beginn meines Hasses im Herzen. Das, was ich erzählen werde, weiß niemand, nicht einmal meine Eltern oder Geschwister, nicht mal meine besten Freunde.

Es ist wichtig, dass du es erzählst. Du hast durch deinen Schmerz viele inspiriert. Auch diesmal wirst du es, daran glaube ich, Keff. Öffne dein Herz und zeig uns die Wahrheit.

Kapitel 5

Leyla

***

Jeder muss irgendwann sterben, nicht wahr?

Einen Tag vor deinem Tod sahst du so schwach aus, aber dein Herz war stark. Es war so stark, dass du mir noch ein letztes Lächeln schenktest. Du sagtest zu mir, ich solle keine Angst haben. Hab keine Angst, sagtest du zu mir. Ist es nicht das, was du haben solltest? Diese Angst?

Als dein Herz schon ganze zehn Minuten nicht mehr schlug, ließ ich deine Hand immer noch nicht los. Ich konnte sie einfach nicht loslassen, denn ich wusste, es wäre das letzte Mal. Die Tränen streichelten meine Wangen. Aber um ehrlich zu sein, weinte ich nicht um dich. Ich weinte um mich selbst, denn was gab mir das Recht, weiter zu leben, während dir dein Leben genommen wurde? Ich wollte nicht mehr leben, nicht mit diesem Schmerz, und deshalb wollte ich selbst sterben.

Deine Beerdigung war so schmerzhaft für mich. Ich wäre so gerne mit dir gegangen. Deine Anwesenheit konnte niemand mehr sehen, nachdem du die Welt verlassen hattest, doch ich spürte sie. Ich spüre sie bis heute immer noch an jedem Morgen, an jedem Abend, an jedem verdammten Tag ...

***

Glaube

Es war Sonntagabend. Ich machte ich mich erneut auf den Weg vom „ibis“-Hotel zum Café am Kölner Hauptbahnhof. Als ich das Lokal betrat, stand Leyla wieder hinter der Theke. Ich musterte sie eindringlich. Sie sah mich an und warf mir einen überraschten Blick zu. Ich setzte mich wieder auf denselben Platz wie gestern.

„Ich hätte gerne einen Früchtetee“, und lächelte sie sanft an.

„Irgendwoher kenne ich dich“, sagte sie zu mir. Dabei bereitete sie meinen Tee vor.

„Ich war gestern schon einmal hier.“

„Ja, stimmt, ich erinnere mich.“

Ich nutzte die Gelegenheit, um mich mit ihr zu unterhalten. „Was machst du beruflich?“

Sie stellte mir meinen Tee auf die Theke. „Ich bin beruflich Erdbewohnerin.“

Diese Antwort überraschte mich so sehr, dass ich schmunzeln musste. Sie verließ das Gespräch, um einem Gast Kuchen und Kaffee vorzubereiten. Als sie fertig war, kam sie wieder in meine Nähe. Ich griff das Gespräch noch einmal auf.

„Aber du studierst doch bestimmt, oder?“

„Warum bist du so neugierig?“

„Warum nicht?“

„Bei euch Männern muss man aufpassen, was man erzählt. Plötzlich adden sie einen und wollen Netflix gucken und chillen.“

„Ich will gar nichts von dir. Warum bist du so negativ?“

Sie hörte auf, die Gläser zu polieren, und schaute

mich an. „Ich bin nicht negativ, ich studiere nicht, ich mache zurzeit nichts außer hier zu arbeiten. Und was machst du?“

„Ich schreibe.“ Das sagte ich nur, um nicht antworten zu müssen, dass ich gerade arbeitslos bin.

„Was meinst du mit ‚schreiben‘?“

„Ich bin gerade dabei, ein Buch über ein Mädchen zu schreiben.“

„Wusste gar nicht, dass es auch schwarze Buchautoren gibt. Worum geht es in deinem Buch?“

„Um ein Mädchen, das Krebs hat und deshalb nicht mit mir zusammen sein kann.“

Plötzlich wurde ihr Gesicht blass. Sie drehte sich um und fing an, irgendwelche Aufgaben zu erledigen, die gar keinen Sinn ergaben.

„Schön zu hören. Ich wollte früher auch Buchautorin werden“, erwiderte sie ohne sich wieder umzudrehen.

„Kannst du immer noch.“ Ich nippte am Tee und genoss seine Wärme.

Sie seufzte. „In meiner Welt gibt es keinen Platz für Träume.“

„Dann nimm dir den Platz auf dieser Welt.“

„So leicht ist es nicht, mein Freund.“

„Kerfala.“

„Was heißt das?“

„Mein Name.“

Sie drehte sich wieder um und schenkte mir dabei ein von der Arbeit einstudiertes Lächeln. „Komischer Name. Du siehst eher wie ein Jeffrey oder Joe aus.“

Ich wusste nicht, ob ich es als Kompliment oder Beleidigung sehen sollte. „Und du bist Aisha, oder?“

„Sie heißt Leyla.“ Aus dem Nichts trat das Mädchen mit den giftgrünen Haaren an unseren Platz. Ihr Name war Feride. Sie sah orientalisch aus und schien etwas kräftig gebaut.

„Wie kommst du auf Aisha? Sie hat doch ein Namensschild.“

Beide schauten mich verwundert an.

„Sorry. Dachte, das ist dein Nachname.“

Feride schüttelte den Kopf. „Irgendetwas stimmt hier nicht. Pass lieber auf, Schatz, sonst landen wir noch auf RTL2 bei den ungeklärten Morden.“ Die Frauen spähten zu mir herüber, als wäre ich irgendein Krimineller.

Ich hielt es für sinnvoller, den beiden Mädels lieber direkt die Wahrheit zu sagen, bevor sie anfingen, sich etwas zusammenzumixen. „Ich habe einige Tagebücher von ihr, also dem Mädchen, über das ich scheiben möchte, und die Namen „Leyla“, und „Aisha“ tauchen immer wieder auf, ebenso wie die Bezeichnung dieses Cafés.“ Ich fühlte mich wie ein Idiot. Diese Idee mit dem Buch schreiben, ich hätte sie einfach sein lassen sollen. Nun sitze ich hier und belästige irgendwelche Mädels mit meiner Story.

„Wie heißt das Mädchen?“, wollte Feride wissen.

Leyla polierte derweil ein Sektglas und schaute mich ebenfalls an.

„Aaliyah.“

Nur wenige Sekunden nach meiner Antwort ließ

Leyla das Glas fallen. Unsere Blicke schossen direkt zu ihr. Sie hielt sich zitternd an der Theke fest und fing an, schwer zu atmen. Einige Gäste schenkten uns ebenfalls ihre Aufmerksamkeit.

„Oh mein Gott, alles gut?“ Feride eilte zu ihr, um sie zu stützen.

„ Alles gut, ich brauche nur meine Pillen“, hörte ich Leyla mit schwacher Stimme antworten.

Die Freundin eilte zu ihrer Tasche und griff in das Innere. Dann hetzte sie wieder zurück, füllte in einer Rekordzeit das Glas mit Wasser und gab ihr die Pille. Beim Einnehmen zitterte Leylas Hand immer noch. Sie nahm einen kräftigen Schluck und atmete schwer.

„Willst du nach Hause?“

„Nein, es geht schon, du bist sonst alleine“, erwiderte sie in angstbesetztem Ton und verschwand in Richtung Mitarbeiterraum.

Die Situation überforderte mich etwas. Ich wusste nicht, wie ich es zuordnen sollte, und entschied mich, erst mal zu schweigen. Stattdessen bat ich die Freundin um Stift und Zettel. Ich kritzelte etwas darauf und reichte es ihr zurück. „Das ist für Leyla.“

Sie schaute mich fragend an. Ich lächelte und verließ das Café in Richtung Essener Hauptbahnhof.

Mwana lamuka | The. Stu. 5 | Das Gespräch fand im Café 7 in Aachen statt. | Thomas Sankara sagte die Wahrheit. | Seid niemandem etwas schuldig, außer dass ihr euch untereinander liebt, denn wer den anderen liebt, der hat das Gesetz erfüllt. | Dschibril und Mikail | 103:2,3?

Ich lernte Dadas Vater nie richtig kennen. Ich wusste nie genau, warum er so war, so bösartig und grausam. Man erzählte sich im Dorf einige Geschichten und als neugieriger Junge bekam ich so manches mit.

Seine Frau, also Dadas Mutter, soll an inneren Blutungen gestorben sein. Man sagt, der Vater habe sie täglich geschlagen. Manche erzählten, sie wurde von einem bösen Geist heimgesucht und umgebracht. Und wiederum andere behaupteten, sie sei gestorben, weil sie eine Bitch war. Meine Oma meinte, wenn Frauen mit zu vielen Männer schlafen, werden sie irgendwann tot umfallen und sterben. Zum Glück war ich keine Frau.

Jedenfalls sah man ihn nach ihrem Tod öfter alkoholisiert. Er trug jetzt die Verantwortung für drei Kinder im Alter zwischen drei und acht Jahren. Er trank sich die Seele aus dem Leib. Noch gereizt von Alkohol, Schulden und Hoffnungslosigkeit, ging er nach Hause und beim ersten falschen Wort schnappte er sich Dada – ab und zu auch die kleineren Geschwister – und verprügelte ihn. Ich verstand schnell, warum er gehen wollte. Wenn du niemanden hast, der dir zeigt, wie wertvoll du bist, wirst du eines Tages daran zerbrechen.

Ich hatte endlich meine Tasche gepackt: eine Unterhose, ein Hemd und eine Hose zum Wechseln, dazu eine Zahnbürste. Heimlich ging ich in die Küche und schaute, ob ich etwas Essbares fand. Außer einem Stück Brot war nicht viel zu holen, auch das packte ich ein.

Kurz bevor ich das Haus verlassen wollte, erinnerte ich mich daran, wie Dada sagte, wir bräuchten Geld. Ich wusste damals, dass meine Oma Bares immer auf dem Kleiderschrank in einem roten Tuch versteckte, direkt hinter der gefälschten Louis-Vuitton-Tasche. Ich beobachtete sie einmal dabei, wie sie heimlich eine Münze reinlegte. Also nahm ich mir den wackeligen Bürostuhl meines Onkels, kletterte darauf und griff nach diesem Tuch.

Als ich es öffnete, strahlten mich Geldscheine und Münzen an. So viel Geld sah ich zum zweiten Mal in meinem Leben. Das erste Mal ereignete sich in der Kirche, als dieser Korb in die Menge gebracht wurde, damit die Menschen Geld hineintun konnten.

Statt ein paar Münzen reinzutun, nahm ich welche raus. Es handelte sich um genau eine Münze und einen Geldschein, vielleicht waren es aber auch vier Münzen und drei Geldscheine. So genau weiß ich es nicht mehr.

„Hey, bleib stehen, Kerfala!“ Meine Tante stoppte mich zwischen Tür und Angel. „Wohin gehst du?“ Sie litt an Kurzsichtigkeit und hatte ihre Brille nicht auf. Deshalb drückte sie ihre Augen so zusammen, sodass man nur einen kleinen Spalt sehen konnte. Ich hatte das Gefühl, sie versuchte zu riechen, was ich vorhatte.

„Ehm ... zur Schule?“

„Die Schule fängt immer um 10:00 Uhr an. Wir haben 8:00 Uhr.“ Dabei sah sie mich weiterhin fragend an.

Mein Gehirn versuchte, eine Lüge aus dem Hut zu zaubern. „Ich ehm ... Ich habe heute ...“ Dann ging mir ein Licht auf. „Heute machen wir Sportübungen und unser Lehrer sagte, Sport am frühen Morgen ist besser als am Nachmittag.“

Sie schaute mich weiter an. Ich wurde nervös.

„Ok gut.“ Sie drehte sich um und ging in die Küche.

Als ich das Haus verließ, hörte ich sie noch aus der Küche schreien, dass ihr angeblich jemand das Brot weggenommen habe. Ich rannte etwas schneller.

Als ich auf Dadas Straße abbog, sah ich ihn schon warten.

„Na endlich bist du da.“ Ich spürte dir Erleichterung in seiner Stimme.

„Hast du alles gepackt?“, fragte mich Dada, der mich in eine ruhige Ecke zog.

„Ja, aber ich konnte nur noch ein Stück Brot mitnehmen und du?“

„Ich habe noch ein paar Erdnüsse und Fisch von gestern. Mach dir keine Sorgen, das reicht bis Europa.“

Obwohl ich Dada vertraute, kam in mir eine gewisse Unsicherheit auf. Was ist, wenn wir es doch nicht schaffen oder unsere Eltern etwas davon mitbekommen? Eigentlich wollte ich meine Oma auch nicht alleine lassen.

„Deine Oma hat eine Million Kinder, sie ist nicht allein“, tröstete mich Dada.

„Was ist mit deinen Geschwistern? Hast du ihnen Bescheid gesagt?“, fragte ich Dada.

„Ich habe ihnen eine Mahlzeit zubereitet und neben das Bett gelegt. Wenn wir in Europa sind, schicke ich ihnen nochmal Essen und Trinken, dann kaufe ich ihnen ein Ticket und sie können mit dem Bus zu mir fahren.“

Wir fingen an loszulaufen, Dada immer einen Schritt vor mir, durch die heißen Straßen von Kinshasa, durch den Gestank und den Dreck, der von vorbeifahrenden Autos aufgewirbelt wurde. Nur wir zwei auf dem Weg nach Europa – wir werden zusammen Geld verdienen und ein schönes Leben haben. Wir werden nie wieder hungern, nie wieder geschlagen werden. Ich und mein bester Freund.

Nach circa einer Stunde hatten wir unser Dorf schon lange verlassen. Wir liefen durch fremde Dörfer, wo uns Leute auf der Straße musterten. Ich – dicht neben Dada – wurde langsam müde.

„Dada, ich habe Durst und ich will eine Pause machen", nörgelte ich in seine Richtung.

Er drehte sich um und schaute mich an. Als er anhand meines Gesichtsausdrucks erkannte, wie ernst ich es meinte, schlug er vor, an der nächsten Marktecke zu pausieren.

Wir befanden uns an dem Patrice-Lumumba-Boulevard und setzten uns auf den Bürgersteig. Die Sonne erreichte langsam ihren Höhepunkt und Schweißperlen rannen mir über das Gesicht.

„Ich bin durstig und habe nichts mit."

Dada stand auf und überlegte kurz. „Ich habe Geld. Ich werde uns Wasser kaufen. Du wartest hier und redest mit niemandem, okay?"

Ich nickte und Dada verschwand aus meinem Blickfeld.

Einige Minuten später bemerkte ich, wie zwei Jungs, die deutlich älter waren als ich, mich von der anderen Straßenseite aus beobachteten. Ich versuchte, meine Blicke zu verstecken, fühlte mich aber gezwungen, immer wieder zu ihnen herüberzuschauen. Beim nächsten Hinsehen waren sie plötzlich verschwunden. Ich schaute mich verwundert um, als sie plötzlich von rechts auf mich zuliefen. Aus Angst hielt ich meine Tasche fest an meinem Körper. Dann standen sie vor mir, beide komplett in schwarz gekleidet. Obwohl ich schwitzte wie ein Schwein, erkannte ich keinen einzigen Schweißtropfen an deren Stirn. Der eine war lang und dünn und hatte eine Narbe, die durch das ganze Gesicht verlief. *Der wurde bestimmt von einen Löwen angegriffen*, dachte ich mir nur. Der andere erschien mir kleiner, aber dafür kräftiger. Sie lächelten mich an, aber mit einer Lockerheit, die mich verunsicherte.

„Wieso schaust du uns an?“, fragte mich der mit der Narbe.

„Wie bitte?“

„Was ‚wie bitte‘? Wieso schaust du uns die ganze Zeit an, habe ich gefragt!“

Mein Herz schlug schneller. „Tut mir leid, wollte ich nicht.“ Ich senkte meinen Kopf.

„Zu spät.“

Der Kräftige, musterte mich von oben bis unten. „Du bist nicht von hier, oder?“

„Nein.“

„Was machst du dann hier?“

„Wir wollen nach Europa.“ Meinen Kopf hielt ich immer noch gesenkt.

„Nach Europa?“, wiederholte der Kürzere skeptisch.

„Du weißt, dass Europa tausende Kilometer entfernt ist?“

„Ich und mein Freund Dada wollen dahin laufen, das ist nicht weit.“

Beide lachten sich einen ab.

„Hör mal zu, Kleiner, Europa ist viel zu weit weg. Ihr solltet mit einem Flugzeug dahin fliegen.“

„Wir haben nur Geld für den Bus“, antwortete ich eingeschüchtert.

„Wie viel Geld habt ihr denn?“, fragte mich der mit der Narbe.

„Weiß ich nicht.“

Die beiden schauten sich an.

„Zeige es mir, ich zähle es für dich“, schlug das Narbengesicht vor.

„Nein“, erwiderte ich und hielt die Tasche noch enger bei mir.

„Zeig jetzt die verdammte Tasche oder wir holen sie uns!“, befahl mir der Kräftige mit einem aggressiven Ton, der mir gar nicht gefiel.

„Lasst mich in Ruhe!“, schrie ich beide an. Dabei kamen mir vor Angst die Tränen. Der Kleinere griff nach meiner Tasche, ich hielt mit aller Kraft dagegen.

„Lass los, du Missgeburt!“, brüllte der mit der Narbe hinterher.

Aber ich gab nicht auf, denn ich habe Dada versprochen, darauf aufzupassen. Plötzlich spürte ich einen Schlag auf das Gesicht. Meine Kraft löste sich in Nichts auf und ich ließ die Tasche los. Mir war schwarz vor Augen und ich knallte auf den Boden.

Stille ...

„Kerfala!“

Ich spürte ein Schütteln. Meine Augen waren schwer, sodass ich Mühe hatte, sie zu öffnen.

„Was ist passiert, Kerfala?“

„Sie ... sie haben mich geschlagen und die Tasche geklaut“, antworte ich mit weinerlicher Stimme und hielt meine Wange fest, die dick wurde.

Ich merkte, wie mein Mund sich mit Flüssigkeit füllte. Beim Spucken kam ein Zahn heraus.

Als Dada das ganze Blut sah, zeichnete sich Wut in seinem Gesicht ab. „Wäre ich da gewesen, hätte ich Ihnen eine rechts und eine links gegeben!“ Dabei machte er Bewegungen wie ein Boxer.

„Zu spät, sie haben alles“, sagte ich enttäuscht.

„Ich steche wie eine Bombe und habe einen Blick wie ein Adler.“

„Der Satz geht doch ganz anders.“

„Ist doch egal, ich hätte sie trotzdem wie Mohamed Ali weggeboxt.“ Er gab mir die Wasserflasche und ich spülte vorsichtig meinen Mund aus. „Egal. Wenn wir in Europa sind, treffen wir nicht mehr auf solche Idioten.“

„Die haben gesagt, wir müssen mit dem Flugzeug dahin, Dada. Zu Fuß wäre es zu weit.“

„Nein, zu Fuß“, verbesserte mich Dada.

„Nein, mit dem Flugzeug. Ich habe keine Lust mehr, Dada“, protestierte ich und kreuzte meine Arme. Ich wollte und konnte nicht mehr laufen.

„Lass uns die Menschen fragen. Wenn sie ‚zu Fuß‘ sagen, gehen wir zu Fuß. Wenn ‚mit dem Flugzeug‘ sagen, fliegen wir, okay?“, schlug er vor.

Ich war damit einverstanden.

Wir gingen die Straßen entlang, bis wir an einem Lokal innehielten. Es schien darin ziemlich voll, deshalb nahmen wir uns vor, die Leute, die vor der Bar standen, zu fragen.

Eine Gruppe älterer Männer, die wir auf Lingala – meiner Muttersprache – *Tontons* nannten, genoss ihr kühles Bier an diesem heißen Sommertag. Dada steuerte direkt auf die Gruppe zu – ohne Nervosität, ohne Angst.

„Wir wollen nach Europa und ich möchte wissen, ob wir es zu Fuß bis dahin schaffen.“

Die Männer schauten sich verdutzt gegenseitig an.

„Wo willst du hin?“, erkundigte sich einer der Männer mit Bierflasche in der Hand.

Dada wiederholte seinen Satz und erklärte unser Vorhaben etwas detaillierter. Die Männer schauten sich erneut an und brachen in ein Gelächter aus, als hätte jemand einen unglaublich guten Witz gemacht. Einer der Kerle rief die anderen Personen zu sich. Um Dada bildete sich eine Menschenmasse. Ich schaute mir das Ganze besorgt von Weitem an. Einer der Charaktere bat Dada, die Geschichte nochmals aufzuzeigen. Dada seufzte und erzählte die Story zum wiederholten Mal. Wieder ertönte lautes Gelächter, diesmal aufgrund der Masse der Menschen jedoch noch lauter.

„Ihr könnt mich mal“, rief Dada deutlich wütend in die Gruppe und zwang sich aus der Masse heraus. Er lief an mir vorbei, ohne mich auch nur eine Sekunde lang anzusehen. „Die haben keine Ahnung“, murmelte er im Vorbeilaufen.

Als wir die Straße überqueren wollten, lief uns einer der Männer hinterher. „Hey Kleiner, warte.“

Wir drehten uns beide um. Ein älterer Mann so um die 70, vielleicht war er dem Aussehen nach zu urteilen aber auch 150, blickte uns lächelnd an. „Wenn ihr nach Europa wollt, müsst ihr fliegen. Zu Fuß ist es viel zu weit. Ihr würdet Wochen, vielleicht sogar Monate dafür brauchen.“

„Siehst du, sagte ich doch, mit dem Flugzeug.“

Dada sagte keinen Ton. Wir verabschiedeten uns und machten uns auf den Weg, diesmal in Richtung Flughafen. Dada kannte den Platz gut, weil seine Mutter da gearbeitet hatte.

Mitten auf dem Weg verdunkelte sich der Himmel, ein starkes Donnern rumpelte durch die Straße. Nach paar Minuten fielen schon die ersten Regentropfen hinunter. Wir verdoppelten unsere Schritte. Der Regen wurde mit jeder Minute stärker und stärker, bis sich daraus ein Schauer entwickelte. Wir begannen zu rennen. Zum Glück entdeckten wir nach einigen Minuten den Flughafen. Der Wolkenbruch entfaltete sich zu einem Monsun undpeitschte durch die Straße, und der Himmel verfärbte sich so dunkel, dass man annehmen konnte, es wäre Nacht gewesen. Dada rannte so schnell, dass ich ihn nicht mehr sehen konnte.

„Dadaaaa!“, schrie ich, aber ich sah nichts mehr außer Leute, die vor dem Regen wegliefen. Ich blieb stehen und fing an zu weinen. Plötzlich griff mich eine Hand.

„Komm“, rief Dada, der mich durch die Menschen schleuste.

Wir rannten so schnell wie wir nur konnten. Plötzlich stürzte ich über meinen eigenen Fuß und Dada mit mir, der daraufhin seine Tasche fallen ließ. Das Wasser trug sie fort.

„Mist, wir müssen die Tasche finden, Kerfala! Da ist alles drin, was wir brauchen!“

Wir drehten uns in Panik um, aber die Tasche war weg, wie vom Regen verschluckt. Der Donner wurde stärker.

„Ich sehe sie nicht“, schrie ich zu Dada herüber.

„Egal, lass uns ohne Tasche weiter gehen“, rief er zurück.

Nach einigen Minuten erreichten wir den Airport. Ich – zum ersten Mal – erblickte unzählige Schalter und Anzeigetafeln. Flugpassagiere liefen quer durch die Gängen, manche gemütlich, andere in Eile. Wir wanderten mit unseren nassen Kleidern orientierungslos durch die Menge. Die Flugzeuge mussten wegen dem starken Wolkenbruch pausieren. An einigen Check-in-Schaltern bildeten sich lange Schlangen.

„Wo sollen wir hin?“, erkundigte ich mich bei meinem Freund.

Dada nahm meine Hand. Wir liefen zu einem Reisebüro. „Wir wollen nach Europa“, erklärte er. Die Frau hinter dem Tisch schaute nach unten auf zwei völlig durchnässte Kinder, legte ihre Brille auf die Nasenspitze und kaute dabei einen Kaugummi. Dada, sah sie mit ernster Miene an. Dann tippte sie etwas auf ihrem Computer ein.

„Ein Flugticket für euch beide kostet 800 Dollar.“

Dada griff in seine Hosentasche, fischte einige Münzen heraus und legte sie auf den Tisch. „Reicht das aus?“

Die Frau fing an zu lachen. „Das reicht von hier bis zur Tür des Flugzeugs, aber mehr auch nicht.“

Dada schnappte sich wütend die Münzen und packte meine Hand. Bei der Berührung spürte ich seine wachsende Anspannung.

„Und was machen wir jetzt?“

„Lass mich nachdenken.“ Es tickte eindeutig in ihm.

Wir liefen zu einem Mann, der sowas wie das Sicherheitspersonal war. Dada tippte ihm auf den Arm. Er schaute nach unten. Ohne uns anzusprechen, meldete er durch den Funk: „Koffi, komm schnell hierhin. Ich habe zwei Kinder ohne Eltern, könnte sich um Diebe handeln.“ Dada gab mir ein Zeichen, dass wir rennen sollten, doch der Mann griff sofort nach uns. Wir hatten keine Chance zu fliehen.

Ehe ich mich versah, saßen wir beide in einem Raum mit grauen Wänden, einem Tisch und drei Stühlen. Auf zwei davon saßen wir.

„Was ist, wenn sie uns schlagen?“ Ich blickte verängstigt zu Dada.

„Die werden uns nicht schlagen. Soll ich dir ein Geheimnis verraten?“

Meine Augen wurden groß und ich nickte.

„Immer, wenn mich mein Vater schlug, habe ich mich tot gestellt und dann hat er vor Schreck damit aufgehört. Wenn mich irgendjemand schlagen sollte, dann werde ich wieder so tun. Und weißt du, was du dann machen solltest?“ Dada beugte sich zu mir und fing an zu flüstern. „Dann sage einfach *‚Europa‘* und ich werde meine Finger heben. Das ist das Zeichen, dass ich gar nicht tot bin.“

Ich war damit einverstanden. Dada und ich hatten jetzt unsere eigene Sprache entwickelt.

Plötzlich öffnete sich die Tür und ein Mann in Soldatenuniform betrat den Raum. Bei diesem Anblick blieb mir für einen Augenblick die Luft weg.

„Seid ihr Taschendiebe?“, fragte uns der Soldat reichlich ungehalten.

„Nein, nein, wir sind keine Diebe. Wir wollten nur nach Europa.“

„Was seid ihr für dumme Kinder? Ihr könnt nicht einfach so nach Europa. Ihr braucht ein Visum, gültige Pässe und genug Geld. Glaubt ihr, es ist so leicht, nach Europa zu kommen?“

Dada senkte seinen Kopf und ich fühlte, wie ihn die Unsicherheit übermannte.

„Tut uns leid, das wussten wir nicht“, seufzte ich.

Ich beobachtete, wie er Dada lange und eindringlich anschaute, vielleicht, um ihm zu bedeuten, er solle seinen Kopf heben. Währenddessen sprach er: „Wir brauchen eure Namen, sofort!“

„Kerfala Vidala.“

„Daniel Matondo Mulumba“, fügte Dada leise hinzu.

Plötzlich öffnete sich die Tür erneut. Ein zweiter Mann mit einem Anzug, der ihm deutlich zu eng schien, trat ein. Er durchbohrte uns mit seinem Blick durch die Brille. „Wir werden die örtlichen Polizisten in eurem Dorf informieren, damit eure Eltern euch hier abholen können“, informierte er uns.

Dada hob unerwartet den Kopf und sprang von seinem Stuhl auf. „Nein, nein, nicht meine Eltern rufen!“ Er verfiel in Panik. So habe ich ihn noch nie erlebt. Es verunsicherte mich plötzlich, als ich in Dadas Augen Angst las. Das sah ihm gar nicht ähnlich.

„Wir müssen es tun, Kleiner“, versuchte der Soldat ihm zu erklären.

Dada ging auf die Knie. „Bitte, bitte tun Sie es nicht!“, flehte er.

Die Polizisten schauten einander verwundert an. Was sie nicht wussten: Sie haben damit unser Schicksal in Hinblick auf die schlimmste Sache, die mir jemals passiert ist, mit beeinflusst.

Ich glaube, wir sollten hier aufhören und Sonntagabend weitermachen, okay?

Sollen wir uns wieder hier treffen oder woanders?
Ich würde das Gespräch liebend gerne in Recklinghausen weiterführen, wenn es dir passt.

Okay, dann werden wir das tun.
Ich hoffe, dir geht es dabei nicht zu schlecht. Ich möchte nicht, dass du zu sehr darunter leidest.

Wir haben damals einen Deal ausgemacht. Ohne dich hätte ich diese Texte niemals geschrieben. Ohne dich wäre ich heute vielleicht ein verlorenes Kind. Ich habe damals immer gesagt, dass Aaliyah mir das Leben gerettet hat. Aber heute muss ich sagen, du warst der Anfang und Aaliyah hat es zu Ende gebracht.

Nein, Keff, ich würde sagen, du hast es selbst zu Ende gebracht. Nur wir selbst können uns von unserem Leid befreien, nur wir selbst ...

Kapitel 6

Mardocheé & Lamberto

***

ɹɹopləssüp ɯnʞıɯılʞsʇäʇısɹəʌɹıun
An diesem Ort bist du von uns gegangen.

Du sagtest, der Islam ist der Glaube der dich stärkte. Ich habe es nie richtig verstanden.

Ich nehme täglich Tabletten, um dieses Gefühl zu betäuben. Ja, ich gebe es zu, jetzt wisst ihr es: Ohne diese Tabletten, wäre ich längst tot. Ich nehme Tabletten, um die Leere in meinem Bauch zu füllen.

Es war unerträglich und wurde immer unerträglicher. Ich komme damit nicht klar, was Gott einem antun kann. Dass er jemanden so qualvoll leiden lässt und ihm im Endeffekt auch noch das Leben nimmt. Ich möchte den gleichen Schmerz spüren, den du hattest. Bitte, lass mich den Schmerz spüren! Nur so komme ich mit meinem Leben klar. Ich werde die Hoffnung nicht verlieren, dich nach dem Tod wieder zu sehen.

Du fragst dich, was mich so zerreißt? Du willst wissen, was passiert ist? Dafür müsste ich dich in meine Welt mitnehmen. Doch in meiner Welt wirst du schnell die Freude verlieren. Es ist kalt und neblig, eine sehr traurige Welt. Ich habe keine Heimat, son-

dern nur Orte – Orte, die die Heimat nicht ersetzen können. Ich verliere mich oft sehr, und ‚oft' ist viel zu viel …

***

Menschlichkeit

„Und, wie war‘s?“, fragte mich Mardocheé, der mit Lamberto im Wohnzimmer saß. Ich erzählte ihm, ich hätte ein Date mit einem Mädchen gehabt.

„War okay“, seufzte ich und lehnte mich auf der Couch zurück.

„Siehst aber nicht so glücklich aus. Was war das für ein Mädchen? Bestimmt eine Türkin oder Kurdin.“

Eigentlich hätte ich ihm so gerne erzählt, was mich bedrückte und was ich alles erlebt habe. Ich wusste aber, ich würde es jemandem anvertrauen, der das Ganze nicht verstehen könnte und ohnehin selbst viele Probleme hatte. Da wollte ihn nicht auch noch mit meinen belasten.

Mardocheé oder kurz „Mardo“, wie wir ihn damals nannten, war ein gebranntes Kind, der seit Jahren mich sich selbst kämpfte. Er zählte zu diesen Menschen, die nach dem eigenen Ich suchten, und kurz bevor sie die Antwort hatten, in einen Wirbelsturm gerieten, der ringsum alles wieder zerstörte. Für mich war Mardo ein besonderer Mensch, weil ich durch ihn deutlich sehen konnte, wie viel Macht Gott besaß. Egal, wie weit du dich von Gott entfernst, mit vielen Gebeten und viel Geduld zieht er jeden aus der Dunkelheit – selbst die, die sich schon aufgegeben haben. Wir bezeichneten ihn damals als den Problemjungen, als jemanden, der nur Pech im Leben hatte, der nahtlos von einem Problem zum nächsten überging. Schulden, Frauen und Zukunftsängste bereiteten ihm extreme Sorgen und durch diesen Frust entwickelte sich in ihm ein unglaublicher

Hass. Er tat mir leid, weil er mehr zu bieten hatte, als er selbst dachte. Auch wenn er immer wieder versuchte, so zu tun, als ginge es im gut, erkannte ich den großen Schmerz in seinem Herzen.

Kennst du das, dass du glaubst, du wirst aufgrund deiner ganzen Probleme nie wieder ein Licht am Ende deines Weges sehen? Einer meiner Wünsche bestand darin, Mardo Frieden in seinem Herzen zu schenken, und so betete ich oft für ihn, jeden Morgen und jede Nacht. Ich wollte ihn sogar zum Islam bringen in der Hoffnung, das ihm dies den nötigen Frieden geben würde. Gott hat für jeden von uns seinen Plan, so wie er für Lamberto und Mardo einen Plan hatte.

Lamberto befasste sich immer schon viel mit Gott. Aber der Teufel ist schlau. Er kennt uns Menschen, und weiß ganz genau, was er tun muss, um uns immer wieder von Gott zu entfernen.

Wenn ich heute mit Jungs spreche, die 18, 20, vielleicht 21 Jahre alt sind, sage ich zu ihnen: „Partys und viele Frauen zu haben, ist cool und man lebt nur ein Mal, ich kenne das. Aber ich sage dir eins, mein Freund: Ich kenne dieses Leben – du hast viele Freunde, teure Klamotten, alles schön und gut. Aber eines Tages wirst du nach Frieden in deinem Herzen rufen, nach Ruhe. Und weil der Teufel dich fest im Griff hat, kannst du dir vieles verbauen und die Liebe deines Lebens verpassen oder verlieren.

Ich sage dir was, mein Freund: Wir alle reden von Brüdern und Freundschaften. Weißt du, wer unter deinen Brüdern ein wahrer Freund ist? Der dich von den

Sünden abhält. Denn wer dich zur Sünde verführt und dich nicht warnt, den kannst du niemals als wahren Freund bezeichnen. Deshalb teile ich diesen wichtigen Satz mit dir: Entferne dich von Freunden, die dich in die Hölle entführen, und wende dich denen zu, die dir das Paradies näher bringen."

Die Freundschaft zwischen Lamberto, Mardo und mir empfinde ich als eine ganz besondere Freundschaft. Eigentlich sind wir vom Charakter her sehr verschieden. Aber eines verbindet uns sehr und das ist auch der Grund, warum unsere Freundschaft bis heute nie zu Ende ging: die ganz große Liebe zu Gott. Unsere Freundschaft ist von so langjährigem und intensivem Bestand, weil wir uns alle respektieren und unsere Grenzen kennen. Wir telefonieren auch nicht jeden Tag oder treffen uns jeden Monat. Aber immer, wenn wir uns sahen, fühlte es sich so an, als ob wir nie getrennt gewesen wären. Keiner empfindet Neid oder Eifersucht für den anderen. Und das zeichnet eine gute Freundschaft aus:

sich in Ruhe lassen zu können und sich gleichzeitig gegenseitig brauchen zu dürfen.

Trotz der intensiven Zeit mit Diskotheken und Frauen, war Gott mit uns barmherzig. Lamberto studiert heute im Fachbereich „Fitness und Sport". Mardocheé holt seine Abschlüsse nach und ich habe eine Festanstellung und bin Buchautor geworden. Ja, Gott hat für jeden von uns seinen Plan gemacht. Heute sind wir alle zu Männern gereift, Gott näher gekommen und haben mehr oder minder unseren Frieden gefunden.

Es ist schon witzig: Früher wollten wir die hübschesten Mädels mit den krassesten Ärschen haben. Heute wollen wir Frauen, die gebildet sind, die abends mit uns beten und unsere Kinder erziehen. Ist es nicht komisch, Lamberto, wie sehr unsere Herzen sich durch Gottes Barmherzigkeit geändert haben, obwohl wir zwei verschiedenen Religionen angehören? Ich bedanke mich bei euch beiden, für die jahrelange Freundschaft mit all seinen Höhen und Tiefen.

Ich bete und hoffe, dass wir drei eines Tages mit unseren Kindern in den Armen über die alte Zeit reden können, in Sha Allah. Auf viele weitere Jahre tiefer Freudschaft – Gang für immer.

Knapp eine Woche später – wir schrieben Freitag – blätterte ich erneut durch Aaliyahs Tagebücher. Immer wieder vermerkte sie kleine Randnotizen in den Tagebüchern: *Aisha, Berlin - Wedding,* sowie den Namen einer Straße und eine Hausnummer, als ob sie sich zwingen würde, es nicht zu vergessen. Und dann hier und da diese Texte, in denen Leyla vorkam. Sie erzeugten in mir eine Gänsehaut. Das Gefühl, dass es bei Aaliyah gar nicht um mich ging, sondern um etwas ganz anderes – um etwas Größeres –, machte mir Angst.

Während meine Gedanken um diese Vorstellungen kreisten, vibrierte mein Sony-Z2-Handy. Eine SMS erschien auf dem Bildschirm.

„Hallo. Ich habe deine Nachricht bekommen.

Lass uns morgen treffen.
Um 20:30 Uhr habe ich Schluss.
Leyla"

Ich glaube, mein Herz blieb zum damaligen Zeitpunkt für ein paar Sekunden stehen.

Nazo kufa na motema | The. Stu. 6 | Das Gespräch fand im Café 8 in Recklinghausen statt. | Und weil die Ungerechtigkeit überhand nehmen wird, wird die Liebe in vielen erkalten. Denn die Menschen werden viel von sich halten, geldgierig sein, prahlerisch, hochmütig, Lästerer, den Eltern ungehorsam, undankbar, gottlos, lieblos, unversöhnlich, verleumderisch, zuchtlos, wild, dem Guten feind, Verräter, unbedacht, aufgeblasen. Sie lieben die Wollust mehr als Gott. Die Liebe wird bei vielen erkalten. | Sodom und Gomorra | Die Dschinn | 2:186?

Plötzlich schlug die Tür auf. Mein Onkel und Dadas Vater traten ein. Ohne auch nur ein Wort zu sagen, lief er zu seinem Sohn und gab ihm eine Ohrfeige, die ihn vom Stuhl fegte. Der Soldat, mein Onkel und der Mann mit dem zu engen Anzug schauten geschockt in Dadas Richtung. Zu meiner Überraschung vergoss Dada keine einzige Träne, gab kein Geschrei oder sonst was von sich. Lediglich sein Gesicht verzog sich schmerzerfüllt.

„Du kleiner Bastard! Weißt du, wie viel es gekostet hat, hier hinzufahren?“ Er ging zu Dada, packte ihn mit beiden Händen am Hals und fing an, in zu würgen. Panisch versuchten die anderen ihn aufzuhalten.

„Lassen Sie ihn los! Wollen Sie ihn umbringen?“, brüllte der Soldat den Vater an.

„Er ist mein Kind und ich darf mit ihm machen, was ich will!“ Dabei drückte er weiter zu, bis Dada anfing zu röcheln.

Daraufhin zog der Soldat seine Waffe und zielte auf den Vater. „Du lässt ihn jetzt los!“, wiederholte er ernst.

Der Vater ließ los, stellte sich vor den Polizisten und erwiderte mit voller Entschlossenheit: „Schieß doch.“

Damals verstand ich nicht, warum der Polizist seine Waffe herunter nahm und keiner etwas gesagt hatte. Heute weiß ich es. Der Grund dafür war diese unheimliche, bedrohliche Aura, die der Mann ausstrahlte. Jedenfalls packte er Dada und zerrte ihn aus dem Raum. Ich hatte ziemliches Glück, das mein Onkel in der Hinsicht etwas sanfter mit mir umging. Er zog mich nur an den Ohren, was in Gegensatz zu dem Umgang, den Dadas Vater pflegte, einer Massage glich.

„Warum macht ihr immer so eine Scheiße?“

Ich senkte meinen Kopf, als wir im Taxi saßen. „Wir wollten nach Europa.“

„Ihr könnt nicht nach Europa. Glaubt ihr, wenn man dahin laufen könnte, wären wir alle noch hier? Dieser Dada gehört zu den Jungs, die im Hotel arbeiten. Er ist sowieso kein guter Umgang für dich. Du wirst den Kontakt mit ihm abbrechen.“

Bei dem Wort „abbrechen“ fing ich augenblicklich an zu weinen.

„Warum weinst du? Man hätte dich fast erschossen und dieses Mal sogar fast in den Knast gebracht.“

Der Taxifahrer hielt vor unserem Haus. Wir stiegen aus dem Auto. Als wir zu der Haustür liefen, stand meine Oma bereits im Eingang. Plötzlich flog eine Bratpfanne in meine Richtung, die meinen Kopf zum Glück verfehlte und stattdessen den Boden küsste.

„Wo ist mein Geld, du Kind des Teufels?“

Ich blieb stehen und traute mich keinen Schritt weiter.

„Ich werde dir deine Beine zerschmettern, sie abreißen und an die Hunde verfüttern!“, keifte sie mich an.

„Nein, wirst du nicht!“ kreischte ich mutig zurück. Ich weiß auch nicht, woher ich plötzlich diese Motivation nahm.

Sie legte entsetzt ihre rechte Hand ans Herz. „Oh Jesus Christus, er schreit mich an. Dieses Teufelskind schreit mich tatsächlich an. Ich werde dich töten, heute

Nacht wirst du sterben!" Obwohl meine Oma schon 55 Jahre zählte, war sie noch fit wie ein Turnschuh. Deshalb zweifelte ich all ihre Morddrohungen nicht an. Würde sie bei der C.I.A arbeiten, wäre sie definitiv Auftragskillerin geworden.

Ich erhielt den ganzen Abend Ohrfeigen und musste mir weinend anhören, auf welche Art und Weise mich die ganze Familie töten mochte. Meine Tante wollte mir die Gedärme herausfetzen und daraus Bohnensuppe machen. Mein Opa wollte mir das Herz herausreißen, beobachten, wie lange es noch schlagen würde, und über die Erkenntnisse ein Buch schreiben. Mein Onkel war da freundlicher. Er hätte sich nur mit einer Kopfnuss begnügt, allerdings eine von solcher Intensität, dass ich tagelang in Koma liegen würde. Damit konnte ich am meisten leben.

Nach dem ganzen Trouble um das Geld und die Idee, nach Europa zu laufen, kam meine Oma zu der Feststellung, ich wäre ein Dämon. Bei uns Kongolesen nennt man das *Ndoki.* Damals verhielt es sich so, dass die Eltern bei einem Pastor um Hilfe baten, wenn sich die Kinder komisch benahmen oder viel Unglück in der Familie passiert ist. Er sollte den Dämon aus einem Kind austreiben.

Die Kirche, die wir sonntags betraten, konnte man nicht mit denen in Deutschland vergleichen. Der Raum sah aus wie eine kleine Aldi-Filiale, war immer rappelvoll und die Luft stickig. Die Menschen beteten, manche laut, andere in Hysterie verfallen und wiederum manche leise vor sich hin – ein riesen Durcheinander. Im ganzen Tumult entdeckte ich jemanden, den ich kannte. Bei genauem Hinsehen handelte es sich um Dada, der mit seinem Vater in der ersten Reihe saß. Meine Oma und ich nahmen in den hinteren Reihen Platz.

Nach dem Gottesdienst gingen wir nach vorne. Meine Oma stellte sich mit dem Priester in eine Ecke. Ich verstand nicht, was genau sie beredeten, aber ich beobachtete, wie meine Oma dem Priester mehrere Geldscheine in die Hand drückte. Der wiederum nickte nur kurz und steckte sie ein. Dann kamen sie wieder zu mir.

„Du wirst für zwei Tage beim Pastor bleiben. Der wird dir helfen", sagte meine Oma und schenkte mir ein Lächeln, als hätte sie mir zwei Karten für das Disneyland klargemacht.

Der Pastor grinste uns kühl an. Dieses dämonische Grinsen verfolgt mich bis heute bei einer bestimmten Person. Ich flehte sie mit Tränen in den Augen an, mich nicht hier zulassen. Doch meine Oma winkte ab.

„Mach dir keine Sorgen, Jesus wird immer bei dir sein." Nach diesen Worten verließ meine Oma den Saal.

Als der Raum sich langsam leerte, sah ich Dada, der alleine da stand. Ich versuchte Augenkontakt herzustellen, doch das schlug fehl. Plötzlich rief der Priester nach uns.

„Hi", begrüßte ich Dada, der sich nun neben mir befand. Ich bekam ein leises „Hi" zurück. Dann bat der Pastor uns mitzukommen.

Wir betraten ein Zimmer, mit kahlen Wänden, auf dem Boden nur eine Matratze, die stark nach Urin stank. Dada und ich setzten uns auf den Boden. Ich fing aus Verzweiflung und Angst an zu weinen.

„In Namen Jesus Christus werde ich euch zu guten Menschen machen, ihr Dämonen“, sprach der Priester an uns gewandt.

„Ich bin kein Dämon!“, brüllte ich verzweifelt.

Kurz darauf landete eine Faust in meinem Gesicht, die mich zu Boden warf. Dada griff reflexartig den Pastor an, doch seine Schläge brachten nichts. Dieser packte ihn an der Kehle und drückte zu. Dabei zog er Dadas gesamten Körper in die Luft. Dada fing an zu röcheln. Daraufhin ließ der Pastor los. Dada knallte mit dem Kopf auf den Boden und bewegte sich nicht mehr.

Ich versuchte aus Panik, so viel Sauerstoff wie möglich einzuatmen. Als ich meinen Kopf nach oben bewegte, schrie er mich an: „Wenn du es wagst, frech zu werden, werde ich dich töten!“

„Ich will nach Hause!“, kreischte ich lediglich zurück. Da spürte ich einen Tritt in mein Gesicht. Dieses Gefühl wünsche ich niemandem. Du spürst nicht den Schlag, sondern nur diese Benommenheit. Es fühlt sich so an, als ob jemand einen schweren Stein auf deinem Kopf abstellt, der Druck darin wird stärker, dir wird warm und der Schmerz pocht wie heiße Lava in deinem Schädel.

Meine Stirn fing an zu bluten. Aus Angst sagte ich nichts mehr. Er ging seelenruhig aus dem Raum. Ich sah ein letztes Mal nach oben und Tränen verließen meine Augen. Dann schaute ich Dada an, der immer noch regungslos auf dem Boden lag. Mein verschwommener Blick wanderte in Richtung der Wände und ich erkannte eine Statue aus Holz daran hängen. Sie stellte einen Mann mit weit ausgestreckten Armen und zusammengebundenen Füßen dar. Er hatte eine Art Kranz auf den Kopf und sah traurig in meine Richtung. Minutenlang betrachtete ich die Statue, bis ich vor Erschöpfung die Augen schloss.

Als ich sie wieder öffnete, sah ich Dada mit geschlossenen Lidern auf der Matratze sitzen. Ich versuchte, zu ihm zu gehen, doch Kopfschmerzen bremsten mich. Also bewegte ich mich kriechend zu ihm.

„Dada, hörst du mich?“ Ich erhielt keine Reaktion auf meine Frage. Dann erinnerte ich mich an die Worte, die er zu mir sprach, als wir am Flughafen waren. „Dada, Europa!“ Ich schaute auf seine Hand – keine Reaktion. Als ich die Worte wiederholen wollte, erkannte ich, wie die Hand mir leicht zuwinkte. Ich lächelte, obwohl seine Augen immer noch verschlossen blieben.

Eine große Hitze erfüllte den Raum, es gab kein Fenster, nichts. Ich dachte an diesen Europa-Trip und wie die Angst mich überkam, als es anfing zu regnen und zu donnern. Dada hielt mich fest an der Hand und rannte mit mir los, als fürchtete er sich vor nichts. Um ehrlich zu sein, hätte ich seine Hand am liebsten losgelassen, mich mitten auf die Straße gestellt, mit dem

Regen getanzt und ihm gezeigt, wie mutig ich bin und dass ich keine Angst hatte. Aber ich war ein Feigling, ein Schisser, eine Heulsuse, einfach ein Nichts. Allerdings wusste ich auch, dass ich mit Dada die Fähigkeit besaß, jeden Schmerz auszuhalten und zu bewältigen. Ich glaubte, dass wir auch diese Situation gemeinsam überwinden werden. Umso mehr tat es mir leid, ihn so am Boden zu sehen.

Plötzlich öffnete sich die Tür. Ich zuckte vor Angst zusammen. Ein kleiner Junge stand im Eingang und schaute uns an. Er schien nicht viel älter als wir, so um die neun oder zehn Jahre, glaube ich. Außerdem hielt er ein Tablett in der Hand. Mit langsamen Schritten trat er in die Mitte des Raumes, stellte das Tablett vorsichtig auf den Boden und drehte sich direkt zurück zum Ausgang.

„Hey“, vernahm ich eine gebrechliche Stimme aus Dada Mund.

Der Junge blieb stehen.

„Wird es schlimmer werden?“, fragte mein Freund, der sich nur mit Mühe aufgerappelt hatte.

Der Bursche seufzte, drehte sich um und schaute uns mit ernster Miene an. „Es wird nicht schlimmer werden, keine Sorge.“ Er lächelte, doch dieses Lächeln konnte er nur schwer halten, denn plötzlich kamen ihn die Tränen. „Es wird alles gut. Alles wird gut“, sagte er weinend.

„Was wird er mit uns machen?“ wollte ich nun wissen.

Er schenkte uns erneut ein trauriges Lächeln. „Ich

darf nicht mit euch reden. Möge Jesus Christus mit euch sein.“ Daraufhin drehte er sich um, lief zu Tür und machte sie hinter sich zu.

„Ich habe Angst“, flüsterte ich.

„Nur zwei Tage, dann sind wir hier raus.“

Ich verstand nicht, wie man fast totgeprügelt immer noch so positiv denken konnte, während ich langsam verzweifelte. Vorsichtig ging ich in die Mitte des Raumes und musterte das Tablett. Auf dem Ding befand sich ein halbes Baguette und ein Glas Wasser. Mehr bekamen wir nicht.

„Trink und iss du, ich habe keinen Hunger“, sagte Dada zu mir. Heute weiß ich, dass er log. Er war genauso hungrig wie ich, doch verzichtete darauf.

Die Stunden vergingen, jedenfalls nahm ich es so wahr. Mein Magen begann zu knurren, denn das Stück Brot, das ich bekam, war entschieden zu wenig. Dada, sah die ganze Zeit auf die Statue, die ich total vergessen hatte.

„Wer ist das, Dada?“, erkundigte ich mich bei ihm, während er immer noch darauf schaute.

„Das ist Jesus.“

„Und wieso sieht er so traurig aus?“

„Man hat ihn geschlagen, genau wie uns.“

„Genau wie uns?“

„Ja.“

„Warum?“

„Meine Mama erzählte mir, weil er ein guter Mensch war.“

„Wenn er ein guter Mensch war, warum wurde er dann geschlagen?“

„Die Leute mögen keine guten Menschen, deshalb musst du ab und zu auch hart sein und dir nichts gefallen lassen.“ Dieser Satz, sollte noch eine wichtige Rolle in meinem weiteren Leben spielen. „Und dann, haben sie ihn getötet“, fuhr Dada fort.

„Getötet?“

„Ja, getötet. Aber meine Mama sagte, er musste sterben, damit wir ins Paradies kommen.“

„Was ist das Paradies?“

„Du kennst das Paradies nicht?“

Ich schüttelte den Kopf.

„Da kommen alle Kinder hin, die gestorben sind, und alle Erwachsenen, die gut zu anderen Menschen waren.“

„Und was machen die alle da?“, hakte ich neugierig nach.

„Das weiß ich auch nicht genau, aber ich habe gehört, es soll wunderschön sein und da sieht man alle seine Freunde wieder und man wird immer glücklich sein.“

„Dann lass uns doch dahin gehen, Dada.“

Daraufhin lachte er: „Das können wir nicht, Dummie. Dafür müssten wir sterben.“

„Tut Sterben weh?“

„Ich weiß es nicht. Meine Mama schaute eigentlich friedlich aus, als ob sie schlafen würde.“

„Vermisst du sie?“

„Manchmal, ja. Immer, wenn mein Vater mich schlug, denn sie beschützte mich vor ihm. Kurz bevor sie starb, sagte sie, ich solle immer zu allen Menschen gut sein, besonders zu denen, die geschlagen werden. Wenn ich ein guter Mensch bin, werde ich meine Mama im Paradies wiedersehen und sie fest umarmen."

Die Tür öffnete sich unerwartet. Als ich den Pastor darin stehen sah, drückte sich mein Herz zusammen. Wortlos ging er zu Dada, ich lief vor Schreck zur Seite. Kurzerhand schnappte er ihn sich, zerrte ihn aus dem Zimmer und knallte die Pforte hinter sich zu. Ich erinnere mich noch gut, dass grausame Gedanken in mir hoch schossen. Ich weiß nicht mehr, ob es Minuten oder Stunden waren, aber irgendwann öffnete sie sich wieder. Er schleuderte Dada ins Zimmer zurück, als wäre er ein Fußball. Dada kroch zurück auf die Matratze, legte sich hin und versuchte das Weinen zu unterdrücken. Ich bemerkte, dass er sein T-Shirt falsch herum trug, und fragte mich, ob es die ganze Zeit schon so war. Aus Angst habe ich mich nicht getraut etwas zu sagen.

Der Pastor stand immer noch im Eingang, neben ihm der Junge von heute Morgen. Er reichte ihm eine Peitsche oder vielleicht handelte es sich auch um einen Stock oder Gürtel, so genau weiß ich es nicht mehr. Jedenfalls befahl er ihm, mich damit zu schlagen. Ich fing lautlos an zu weinen. Der Bursche blickte mich an und kratzte sich dabei an seinem Hals. Ich erkannte gerötete Stellen daran.

„Los, schlag ihn!"

Der Knabe zuckte zusammen und kratzte sich stärker, bis sein Hals blutig wurde. „Ich kann nicht", drang es völlig eingeschüchtert aus seinem Mund.

Als er sich immer noch weigerte, nahm er ihm die Peitsche weg und schlug auf ihn ein, sodass der Junge vor Schmerz zur Seite sprang.

„Komm her!“, schrie der Pastor ihn an.

Ich fühlte mich damals so ohnmächtig, diese grenzenlose Gewalt war nicht von dieser Welt. Kann ich eine Pause machen?

Ja, natürlich, Keff. Machen wir am besten Morgen weiter. Ich glaube, es reicht erst mal für heute.

Kapitel 7

Warum tut Liebe weh?

***

Krebs kennt kein Happy End.
Ich hasse den Krebs.

***

Gerechtigkeit

Wieder stand ich vor dem Café. Wir hatten es genau 20:25 Uhr. Als ich die Tür berührte, wurde es mir schwer ums Herz. Mich beschlich das Gefühl, dass ich mich auf ein Abenteuer einließe, das mich noch mehr zerstören würde. Schließlich öffnete ich die Tür, Feride drehte sich direkt zu mir. Sie trug nun eine neue Friseur. Jetzt schmückten schwarze, kurze Haare ihren Kopf. Das stand ihr deutlich besser. Sie winkte mir zu, als hätte sie mich sehnlichst erwartet. Also bewegte ich mich direkt zur Theke.

„Hallo", sagte ich.

Leyla, die sich eben noch um die Kaffeemaschine kümmerte, drehte sich um. „Oh, hi, du bist ja mega pünktlich für einen Afrikaner", entgegnete sie überrascht.

„Nicht alle Schwarzen kommen zu spät."

„Wir sind aber dafür bekannt.", konterte sie kühl.

„Danke, dass du mir geantwortet hast."

Sie gab mir keine Antwort.

„Ich hätte Lust auf einen Burger und du?"

„Mir ist egal, können wir gerne machen."

Feride schaute uns mit einem riesen Grinsen an. „Ihr seid so süß."

Leyla rollte die Augen. „Ich ziehe mich um, bis gleich", sprach sie und verschwand aus meinem Blickfeld.

Auf einmal kam mir Feride so nah, dass ich ihr deutlich zu stark geschminktes Gesicht direkt vor meiner Nase vorfand. „Wohin geht ihr?", erkundigte sie sich flüsternd.

„Ehm, wir gehen was essen."

„Ich will dir was sagen: Du musst gut auf sie aufpassen. Vor einem halben Jahr ist ihr etwas Schreckliches passiert, okay? Wenn sie sich komisch verhalten sollte, nimm ihr das bitte nicht übel."

„Was ist ihr denn passiert?"

„Ihre Schwester ..." Plötzlich brach sie mitten im Satz ab, denn Leyla tauchte wieder hinter der Theke auf. Feride spielte die Beschäftigte.

Wir befanden uns am Dom. Die Dunkelheit umhüllte Köln. Eine kalte Brise zwang mich, meinen schwarzen Mantel zu schließen, den ich gerne offen trug. Leyla kleidete sich in einem beigefarbenen Mantel, dazu verwaschene Jeans. Um der Kälte zu trotzen, wickelte sie um ihren Hals einen Schal. Ich blickte zu ihr herüber. und erkannte in ihrem Gesicht diesen nachdenklichen Ausdruck, der mich sehr an Aaliyah erinnerte.

„Wo sollen wir hin?" fragte ich sie.

„Wenn du möchtest, lass uns zur Burner Straße 32 laufen. Ich kenne dort einen Burger-Laden."

Erstes Treffen und Burger essen, was für ein Déjà-vu. Also bewegten wir uns dahin. Auf dem Weg sprachen wir kein einziges Wort, wie ein altes Ehepaar, dass sich nichts mehr zu sagen hatte. Ab und zu schaute ich sie heimlich an, konnte aber nichts aus ihrer Mimik herauslesen, keinerlei Emotion, weder in ihrem Gesicht noch in ihren Augen. Zum ersten Mal seit Langem fühlte ich mich überfordert. Eigentlich war ich immer der Typ, der versuchte, durch lockere Gespräche die Stimmung zu heben, aber diesmal bekam ich keinen Satz heraus.

Im Restaurant nahmen wir uns einen gemütlichen Platz. Der Geruch von gegrilltem Fleisch und Frittenfett lag in der Luft. Es war voll, doch trotzdem herrschte eine lockere Stimmung. Ich griff nach der Karte und suchte mir den Burger mit dem am besten klingenden Namen. Auf einmal spürte ich ihren aufdringlichen Blick. Ich sah zu ihr und wurde ziemlich nervös.

„Ich muss dir was gestehen, Keff", sagte sie plötzlich.

Was kommt jetzt, dachte ich mir nur.

„Was musst du mir beichten?", wollte ich wissen.

„Na ja, ich kenne dich."

Dieser Satz überraschte mich.

„Als du damals im Café aufgetaucht bist, habe ich dich direkt wiedererkannt."

„Komm zu Punkt, Leyla." Meine Ungeduld war ziemlich am Ende.

„Ja, chill doch. Also ich will nur sagen, ich weiß, wer du bist." Anscheinend besaß sie das Aaliyah-Syndrom und musste aus jedem Satz ein Rätsel machen. Allgemein fiel mir auf, dass sie Aaliyah doch sehr ähnelte, alleine schon von der Art, wie sie redete. Es war echt komisch gewesen.

„Ich kenne dich aus der Sendung *‚Bei Anruf Liebe'* von RTL."

„Ist das dein Ernst?", antwortete ich gereizt.

„Habe ich jetzt was Falsches gesagt?"

„Nein. Ich dachte, du kommst jetzt damit, dass du mich und das Mädchen Aaliyah kennst."

„Ich kenne kein Mädchen mit dem Namen, tut mir leid.“ Ihre Stimme verlor bei diesem Satz so viel an Kraft, dass man die Lüge deutlich spüren konnte.

Der Kellner servierte uns die Burger. Ich musterte sie erst und biss dann hinein. Für einige Minuten herrschte Stille an unserem Tisch. Wir konzertierten uns auf das Essen. Ab und zu erwischte ich sie dabei, wie sich mich beobachtete, dann erwischte sie mich – es war ein stetiges Hin und Her.

Nachdem wir fertig waren, räumte der Kellner den Tisch ab und stellte uns eine sehr billig aussehende Kerze hin, die wohl eine romantische Stimmung erzeugen sollte. Nach einer Weile stupste ich Leyla mit dem Fuß an, als sie wieder in sich gekehrt aussah.

„An was denkst du?“, fragte ich sie.

„Wieso?“

„Ich erkenne inzwischen traurige Blicke.“

Sie antwortete nicht und neigte ihren Kopf nach unten.

„Aaliyah fragte mich damals immer: ‚Wie oft hast du geweint, ohne zu wissen, dass Gott dir gerade einen Gefallen getan hat?‘“

Sie schaute mir in die Augen. „Was meinst du damit?“, erkundigte sie sich.

„Was auch immer mit dir ist, manchmal rettet dich Herzschmerz vor einem Herzbruch.“

Sie schwieg wieder. Über meine Antwort war ich selbst überrascht. Wie viel Poesie in mir steckte, lernte ich erst nach und nach kennen. Ich bestellte von uns beiden einen Tee, der uns wenige Minuten später an unseren Tisch gebracht wurde. Routiniert riss ich die kleine Verpackung auf und ließ den Zucker in den Tee rieseln.

„Du solltest nicht immer so traurig aussehen, das gefällt mir nicht. Genieße das Leben."

„Du musst ja ein richtig schönes Leben haben, wenn du so redest. Manchmal geht es einfach nicht", antwortete sie und machte mit dem Löffel Kreisbewegungen in ihrem Getränk.

„Weißt du, was ich an uns Menschen so bewundere? Wir können tagsüber so lachen, als hätten wir noch nie im Leben geweint. Aber wir weinen nachts, als hätten wir noch nie im Leben gelacht. Was uns aber bleibt und bleiben sollte, ist immer die Liebe zueinander."

„Das Zitat kenne ich auch, aber warum tut die Liebe dann weh?", fragte sie mich.

Ich überlegte einige Sekunden, bevor ich erwiderte: „Das ist eine sehr gute Frage. Du musst wissen, das Wort oder besser gesagt das Gefühl ‚Liebe' tut nicht weh. Aber sie ist ein gutes Werkzeug, um Menschen damit wehzutun oder glücklich zu machen. Würden wir dieses Gefühl mit mehr Respekt behandeln, würde es nie schmerzen. Aber wir sagen ‚Ich liebe dich' ohne viel darüber nachzudenken. Wir sagen: ‚Du bist die Liebe meines Lebens', und morgen trennen wir uns. Ich meine, wir haben den Respekt für die Liebe verloren. Wir sehen sie nur noch als Werkzeug, um viele Mädels oder Jungs klarzumachen, und deshalb tut die Liebe weh, weil wir es zulassen. Auch mich hat die Liebe oftmals enttäuscht und verletzt."

Sie senkte ihren Kopf, nahm einen Schluck vom Tee und schaute mir in die Augen. „Das, was mir widerfahren ist, hast du nicht mal ansatzweise erlebt." Ihr Gesicht verdüsterte sich.

„Ich sage dir mal was: Mein ganzes Leben bestand nur aus schmerzhaften Momenten. Ich erlebte so viele Enttäuschungen, so viele schlaflose Nächte. Sage mir nicht, was ich erlebt habe oder nicht, bevor du meine Geschichte nicht kennst", entgegnete ich ihr und nahm ebenfalls einen Zug von meinem Getränk. „Was ist mit deinen Angehörigen? War niemand für dich da?"

„Ich habe keine Familie, alle tot." Sie äußerte das mit so einer normalen Stimme, dass ich es fast als selbstverständlich betrachtet hätte.

„Das tut mir leid."

Sie schaute erst mich und dann wieder ihren Tee an. „Nicht alle – mein Vater lebt noch."

„Hast du keinen Kontakt zu ihm?", fragte ich vorsichtig.

„Er wohnt in Berlin, habe ihn seit Jahren nicht mehr gesehen."

Ich senkte meinen Kopf, um ihn im selben Moment sofort wieder ruckartig zu heben. „Berlin."

Leyla sah mich verwirrt an. „Ja!?"

„In ihren Tagebüchern schrieb sie von einer Aisha aus Berlin und. dass sie sie finden muss."

Sie schaute mich überfordert an. „Was? Wer muss nach Berlin? Und von welchen Tagebüchern redest du?"

„Also das Mädchen, Aaliyah, hat mir ihre Tagebücher hinterlassen. Auf einigen Seiten wird von einem Mädchen namens ‚Aisha' gesprochen. Sie schrieb, dass sie das Mädchen finden muss. Es würde in Berlin wohnen."

„Ich kenne wirklich keine Aisha aus Berlin. Ich weiß auch nicht, was das Ganze mit mir zu tun haben soll." Sie war deutlich von meiner Geschichte überbeansprucht.

„Wir müssen nach Berlin, Leyla."

Sie fing an, laut zu werden. „Wieso wir? Ich kenne dich überhaupt nicht und soll mit dir nach Berlin fahren? Sag mal, spinnst du? Ich fahre nicht nach Berlin!"

„Willst du deinen Vater nicht sehen?"

„Nein. Ich muss auch jetzt los."

Sie stand auf, holte ihr Portemonnaie aus der Handtasche und hielt Ausschau nach dem Kellner. Ich griff fassungslos nach meinem Mantel. *Wieso will sie ihren Vater nicht sehen,* fragte ich mich. Der Ober eilte heran und legte die Rechnung auf den Tisch. Leyla nahm einen Fünf-Euro-Schein und durchsuchte die Münzen nach größeren Teilen. Als sie nicht fündig wurde, durchforschte sie auch ihre Tasche.

„Ich zahle das schon, Leyla."

Ich kann selber zahlen, danke!" Sie kramte weiter in der Tasche herum. Als es mir schließlich zu lange dauerte, reichte ich dem Kellner einen Fünfzig-Euro-Schein, um die unangenehme Situation aufzulösen. Nachdem wir unser Wechselgeld bekommen hatten, verließen wir das Restaurant.

„Ich gebe es dir wieder, versprochen“, sagte sie beim Verlassen des Lokals.

Am Hauptbahnhof angekommen, startete ich noch einen Versuch. Vielleicht würde sie ja ihre Meinung ändern. „Ich bin mir sicher, dass Aaliyah diese Sätze nicht einfach so schrieb. Irgendetwas ist in Berlin und ich muss einfach wissen, was. Alleine schon, weil ich ein Buch über sie schreiben möchte, über uns. Ich brauche Informationen und du hast damit was zu tun, Leyla. Tue nicht so, als ob du sie nicht kennst.“

Sie warf mir einen Blick zu, den ich bis heute nicht vergessen kann. Es waren Augen, die nach Hilfe riefen, aufgeschlossen und gleichzeitig in tiefer Trauer getränkt. Ich weiß nicht, warum, doch mein Bauchgefühl sagte mir, ich musste es tun: Ich umarmte sie. Sie zuckte leicht zusammen, aber erwiderte die die Umarmung sanft. Als ich losließ, wischte sie etwas von ihren Augen weg. Ich weiß nicht genau, ob es sich um Tränen handelte oder ob sie einfach etwas in den Augen hatte.

„Tut mir leid, wenn ich wegen deinem Vater zu weit gegangen bin.“

„Alles okay.“

„Du kannst dich immer bei mir melden, wenn was ist. Ich versuche derweil, das Geheimnis zu enträtseln.“

Sie lief ein paar Schritte zurück, winkte mir zum Abschied und verschwand anschließend in Richtung der U-Bahnen.

Zwei Wochen später ...

Ich saß wieder in der Regionalbahn Richtung Kölner Hauptbahnhof. auf dem Weg zu Leyla. Wir redeten nach dem letzten Gespräch zwei Wochen lang nicht miteinander. Ich fand es am klügsten, sie erst mal in Ruhe zu lassen, auch wenn die Geschichte mit ihren Vater und Berlin mich nicht losließ. Ich wollte es damals nie zugeben, aber letztlich sind all meine Kennenlernphasen mit anderen Frauen gescheitert, weil ich zu sehr an Aaliyah gedacht habe, noch zu viele Gefühle für sie empfand. In mir pflanzte sich der Gedanke, dass es ohne sie nichts mehr gab, wofür es sich zu leben lohnte.

Am Kölner Hauptbahnhof angekommen, schlenderte ich in Richtung der U-Bahnen. Geduldig wartete ich auf die Linie 18, die mich zu Ihr bringen sollte. Ich erhielt von Leyla vor einigen Tagen wie aus dem Nichts eine WhatsApp-Nachricht. Sie teilte mir darin mit, dass sie das mit den zwölf Euro für den Burger und das Getränk wieder gutmachen wollte, und lud mich zum Essen ein. Nachdem ich an der richtigen Haltestelle ausgestiegen war, navigierte mein Handy mich zu der korrekten Adresse. Ich sollte sie anrufen, wenn ich vor dem Eingang stehe, weil die Klingel nicht funktionierte. Als sie mir die Tür öffnete, lief ich erst mal fünf Stockwerke hoch, da auch der Fahrstuhl nicht intakt war. Zum Glück arbeiteten wenigstens die Lampen, wie sie sollten.

Ich stand endlich vor ihrer Wohnung. Komischerweise wartete ich ein paar Sekunden, bevor ich klingelte. Warum genau, wusste ich nicht – vielleicht aus Nervosität, vielleicht auch aus Angst. Als sie die Tür öffnete, blickten wir einander an. An der Art, wie wir uns ansahen, anhand dieses kleinen Momentes erkannte ich, dass es ein sehr emotionaler Abend werden würde.

„Hallo." Und schon wieder schenkte sie mir dieses antrainierte Lächeln aus dem Café. Sie bat mich, ihr Heim zu betreten.

Ein scharfer Geruch nach Kräutern und Gemüsebrühe durchzog den Flur. Dazu mischte sich ein Duft nach frisch gekochtem Reis. Ihr Zuhause erinnerte mich an eine typische Ein-Zimmer-Studentenbude – alles provisorisch eingerichtet. Im Flur hingen ihre Mäntel und Jacken auf einem weißen Kleiderständer. Als ich weiter lief, kam ich ins Wohnzimmer. Das intensive Licht des Vollmondes, der sich in diesen Herbstnächten in voller Pracht zeigte, fiel durch die Fenster. Die Couch schien schon etwas älter zu sein und davor stand ein kleiner Ikea-Tisch auf einem Langflor-Teppich. Meine Blicke wanderten automatisch nach rechts. Als ich diesen Röhrenfernseher entdeckte, fragte ich mich, ob es noch legal war, so einen zu besitzen. Der riesen Kasten stand auf einem Fernsehschrank, darunter mehrere DVDs von Sitcoms.

Ich setzte mich auf die Couch. Das typische Billy-Regal, das nicht fehlen durfte, schmückten Sneakers und High Heels. Neben der Couch befand sich ihr Schreibtisch. Einige Bücher, Notizzettel und Blätter lagen sorgfältig geordnet darauf.

„Was möchtest du trinken?" Sie wirkte etwas angespannt, glaubte ich jedenfalls.

„Was kannst du mir anbieten?“

„Ehm, Wasser.“

„Dann ein Glas Wasser, bitte.“

Sie lief in die Küche. An diesem Tag kleidete sie sich in enge Jeans und einen weißen Pullover, dessen Vorderseite die Aufschrift „Yeezus Tour“ zierte. Als sie wiederkehrte, stellte sie mir das Wasser auf den Tisch.

„Also ich habe Fufu mit Fleischsoße gekocht. Denke mal, damit mache ich jeden Afrikaner glücklich, oder?“

„Klingt gut“, antwortete ich ihr lächelnd.

Erneut verschwand sie in der Küche. Ich nutzte die Zeit, um mich weiter im Zimmer umzuschauen.

Nachdem ich die Sneakers und High Heels betrachtet hatte, zog mich die Neugier zum Arbeitstisch, auf dem sich mehrere Blätter mit Texten befanden. Ich wollte soeben einige davon berühren, als Leyla plötzlich in kühlem Ton hinter mir sagte: „Lass sie liegen.“ Sie bewegte sich zum Tisch, sammelte alle Notizen auf und ging mit ihnen wieder zurück in den Raum, aus dem sie gekommen war. Wenige Minuten später servierte sie das Essen auf dem zu kleinen Ikea-Tisch. Es roch fantastisch. Ich griff nach der Gabel und verschlang die Mahlzeit. Nach ein paar Minuten sah mich Leyla an. Dieser Blick verwunderte mich extrem, denn sie musterte mich regelrecht.

„Was?“ Ich stoppte mitten beim Fleisch zertrennen.

„Nichts. Darf man dich bei Essen nicht anschauen?“

„Ehm, doch“, erwiderte ich verwundert und blickte dabei in ihre Richtung.

Fertig gespeist, räumte Leyla den Tisch ab. Sie schaltete Musik auf ihrem Handy ein, um eine angenehme Atmosphäre zu erzeugen. Anschließend schnappte sie sich das Feuerzeug und zündete all ihre Kerzen an. Als sie daraufhin die Lampe ausschaltete, ergab sich eine angenehme Situation.

„Ich mache das nur, um Strom zu sparen, also denke bloß nichts Falsches.“ Sie setzte sich auf die Couch neben mich.

„Danke für das Essen, es hat sehr gut geschmeckt.“

„Kein Problem.“

Eine peinliche Stille erfüllte den Raum. Ich ließ meine Blicke die Wand entlang wandern und mir fiel auf, dass daran keinerlei Familienbilder hingen, absolut nichts, was darauf hinweisen könnte, das sie eine hatte. Also fragte ich instinktiv nach.

„Hast du Kontakt zu deiner Familie oder speziell deiner Mutter?“

„Nein, leider nicht.“

„Willst du nicht mehr oder habt ihr Streit?“

„Sie kann nicht, denn sie ist tot.“

Der Satz bohrte sich in mein Herz wie ein Dolch. Eine kurze, unheimliche Stille legte sich wieder im Raum.

„Das tut mir leid. Was ist passiert?“

„Wie ist was passiert?“, entgegnete sie.

„Mit deiner Mutter.“

„Sie hat eine Überdosis Schlaftabletten genommen und sich in die volle Badewanne gelegt. Sie wachte nie wieder auf.“

Für einen Moment fühlte ich mich unglaublich schwach. Diese Worte legten sich wie Ketten um meine Gliedmaßen. Ich wünschte, ich hätte damals etwas zu ihr sagen können, irgendetwas, aber ich war machtlos oder vielleicht auch nur einfallslos.

Leyla stand auf und bewegte sich in die kleine Küche zurück. „Möchtest du auch einen Tee?"

Immer noch benommen von der Antwort, realisierte ich sehr spät, dass sie mir eine Frage stellte.

„Keff?" Sie versuchte, meine Aufmerksamkeit zu bekommen.

„Oh ja, bitte."

Als sie die zwei heißen Tassen auf dem Tisch platzierte, sammelte ich all meinen Mut zusammen.

„Weißt du, warum deine Mutter Selbstmord begangen hat?"

Mein Herz pochte, denn ich hatte Angst, die Antwort zu hören. Doch Leyla blieb emotionslos. Bei der Frage verzog sie nicht mal die Miene.

„Wegen meiner Schwester."

Als ich nachhaken wollte, erkannte ich Tränen in ihren Augen, die sie versuchte zu verbergen, also hielt ich meine Fragen erst mal zurück.

Leyla suchte meine Blicke. „Es ist einfach so komisch, dass ich neben dir sitze."

„Was meinst du damit?"

Sie nippte an der Tasse, und stellte sie anschließend auf den Tisch zurück. Wieder erhielt ich keine Antwort.

„Wieso hast du nie probiert, deinen Vater zu suchen?"

„Ich habe es einmal versucht.“

„Warst du nicht erfolgreich? Du hast bestimmt viele Fragen an ihn, oder?

„Nein, habe ich nicht. Eigentlich wollte ich ihn nur treffen, um ihm zu sagen, dass er ein Penner, ein Bastard und die Wiedergeburt des Teufels ist.“

„Okay, ich habe es verstanden.“

Sie seufzte. „Als ich damals die Adresse fand, fuhr ich nach Berlin, aber ich kam zu spät.“

„Warum?“

„Er war umgezogen und die neue Adresse kannte niemand.“

Ich dachte an Aaliyah und fragte mich, was sie in dieser Situation getan hätte. „Ich würde deinen Vater gerne mit dir suchen.“

„Ich habe mich damit abgefunden, es ist nicht nötig“, antwortete sie.

„Ich sage dir mal was: Solange du nicht mit jemandem Frieden geschlossen hast, wird es immer eine Last im Leben bleiben. Irgendwann stirbt dein Vater und du wirst es bereuen, egal, was er dir angetan hat. Es geht ja nicht darum, dass Ihr Freunde werdet, sondern dass du deinen Frieden schließen kannst. Und außerdem muss ich nach Berlin wegen Aaliyah“

„Du scheinst dir ja mit Aaliyah ganz schön sicher zu sein, was?“

„Natürlich. Sie ist eine wundervolle Person und irgendwas hat sie in Berlin gesucht, was hundertprozentig auch etwas mit dir zu tun hat.“

„Wer sagt dir überhaupt, dass sie wundervoll ist?“

„Ich habe sie kennengelernt.“ sagte ich.

Sie verdrehte die Augen. „Du bist so blind, du kennst ihr wahres Gesicht nicht.“

„Damit hast du mir bestätigt, dass du sie kennst“, konfrontierte ich sie.

„Ist mir egal, was du denkst.“ Sie stand auf, ging in die Küche und kehrte mit einem Glas Wasser zurück.

„Was für ein Problem gab es zwischen euch?“

„Du wirst schon von alleine herausfinden, warum sie eine hässliche Person ist.“

„Du wirst es mir früher oder später erzählen.“

„Ich muss gar nichts.“ Sie setzte sich wieder auf die Couch.

„Hat sie dir was angetan?“ Ich konnte genau sehen, wie sie versuchte, ihre Emotionen zu bändigen. „Was hat sie getan, Leyla?“

„Ich kann nicht darüber reden, es geht nicht.“

„Manchmal lernst du dich am besten kennen, wenn alles in dir zerbrochen ist“, sprach ich zu ihr.

Wir blickten einander lange an. Leise, sanfte RnB-Musik durchflutete das Zimmer. Während sie auf der Couch mit der Müdigkeit kämpfte, blieb ich wach und beobachtete sie. Draußen pfiff der Wind. Als ich sie wieder betrachtete, war sie eingeschlafen. ich hatte das Gefühl, der Schlaf schenkte ihr für ein paar Stunden Frieden.

Pasteur abomi ngai | The. Stu. 7 | Das Gespräch fand im Café 1 in Leverkusen statt. | Malcolm X sagt die Wahrheit. | Selig, die arm sind vor Gott; denn ihnen gehört das Himmelreich. Selig, die Trauernden; denn sie werden getröstet werden. Selig, die keine Gewalt anwenden; denn sie werden das Land erben. Selig, die hungern und dürsten nach der Gerechtigkeit; denn sie werden satt werden. Selig, die Barmherzigen; denn sie werden Erbarmen finden. Selig, die ein reines Herz haben; denn sie werden Gott schauen. Selig, die Frieden stiften; denn sie werden Söhne Gottes genannt werden. Selig, die um der Gerechtigkeit willen verfolgt werden; denn ihnen gehört das Himmelreich. Selig seid ihr, wenn ihr um meinetwillen beschimpft und verfolgt und auf alle mögliche Weise verleumdet werdet. Freut euch und jubelt: Euer Lohn im Himmel wird groß sein. Denn so wurden schon vor euch die Propheten verfolgt. | Medina | 4:136?

„Hey! Hey, aufstehen!“

Eine Stimme weckte mich auf. Für ein paar Sekunden fragte ich mich, ob ich wieder zuhause war. Ich blinzelte und aus einem Auge erkannte ich Dada auf der Matratze. Voller Angst schossen meine Blicke sofort in Richtung der Tür. Darin stand der Junge von gestern mit einem Eimer und Putzlappen im Gepäck.

„Ihr könnt nicht faul da liegen. Ihr sollt den Saal putzen, sonst werdet ihr geschlagen.“

Ich rappelte mich auf und spürte ein schmerzliches Stechen im Nacken. Dada folgte mir. Seine Augen verrieten keinerlei Emotion. Als ich das Tageslicht bemerkte, das durch die Fenster des Saals schien, fühlte es sich ein kleines bisschen wie Frieden an.

Der Saal stank beißend nach Schweiß und totem Fisch. Er ließ uns putzen und wischen. Wir hatten weder etwas getrunken noch etwas gegessen und somit wurden wir nach knapp zwei Stunden müde. Dada hielt es noch eine weitere Stunde aus, ich allerdings setzte mich auf einen der Stühle.

„Ich kann nicht mehr“, seufzte ich.

Der Knabe betrat den Saal erneut, diesmal mit zwei kleinen Schüsseln in den Händen. „Hier, da ist etwas Haferbrei für euch.“

Ich schnappte mir vor Hunger schnell eine davon.

Beim Anblick der Schüssel empfand ich Ekel. Es sah aus wie Erbrochenes und zu guter Letzt schmeckte es auch so.

„Bist du der Sohn des Pastors? Wie heißt du?“, fragte ich den Jungen.

„Ich heiße Serge und nein, er hat mich zu sich genommen. Ich lebte vorher auf der Straße."

Das Gesicht des Priesters, den ich mir als schreckliches Monster mit feurigen Augen gespeichert hatte, fing an zu bröckeln.

„Warum ist er dann so böse und schlägt dich?"

Der Junge reagierte trotzig. „Immer noch besser als auf der Straße zu leben, denn da wäre ich schon längst tot." Dann drehte er sich um und verließ die Halle.

Ich wandte mich an Dada, der dieser ganzen Unterhaltung nichts hinzugefügt hatte. Er schien wie in einer anderen Atmosphäre.

„Dada, warum gehen wir nicht einfach nach Hause?"

Keine Reaktion. Als ob er meine Worte nicht wahrgenommen hätte, fegte er mit einer überhöhten Aggressivität den Boden. Ich versuchte einen Neustart.

„Wir können einfach gehen, Dada. Ich weiß, wohin wir laufen müssen."

Mit diesen Satz glaubte ich, das Feuer wieder in ihm wecken zu können, seine Entschlossenheit, die er immer schon besaß, als wir nach Europa gehen wollten. Nach jedem meiner Vorschläge fegte er unkontrollierter, bis er schließlich anfing, Stühle zur Seite zu stoßen.

„Dada, willst du nicht nach Hause? Hier ist es doch schrecklich!"

„Glaubst du, zu Hause ist es besser?" Seine Hände fingen an zu zittern und leise Tränen hinterließen nasse Spuren auf seinen Wangen. „Egal, ob hier oder zu Hause, beides ist schrecklich“, fügte er hinzu und konzertierte sich wieder auf das Fegen.

Am Abend saßen wir im Zimmer, von Hunger und Durst geplagt. Mit einem Schwung öffnete sich wieder die Tür und gab den Blick auf den Pastor preis. Er teilte uns mit, dass wir heute Nacht nicht hier schlafen würden. Ich dachte sofort daran, dass wir nach Hause gehen dürfen, doch falsch gedacht. Stattdessen beförderte er uns in sein Zimmer.

Der Raum war abgedunkelt und furchteinflößend. Lediglich eine schwach leuchtende Lampe spendete etwas Licht. Es stank nach veralteten Möbeln. Neben dem Couchtisch befand sich rechts das Bett und links das Sofa. Das Geflimmer des Fernsehers machte mich nur noch nervöser.

„Setzt euch auf der Couch.“ Seine bedrohliche Stimme ließ uns schnell Platz nehmen.

Die Tür öffnete sich mit einem horrorähnlichen Quietschen.

Serge betrat das Zimmer und trug zwei Bierflaschen mit sich. Der Pastor nahm ihm die Pullen ab und gab uns jeweils eine.

„Hier, trinkt.“ Er lächelte uns an und ich wunderte mich über seine Freundlichkeit. „Du kannst wieder gehen“, schnauzte er in Richtung Serge, der sich wortlos am Eingang aufhielt. Dieser zuckte kurz zusammen, warf uns einen verzweifelten Blick zu und ging wieder raus.

Dann setze sich der Priester auf das Bett. Ich wusste

nicht genau, wie ich mit dieser Situation umgehen sollte. Mir war bekannt, dass dieses Getränk nur Erwachsene konsumieren durften, aber ich traute mich nicht, ein Wort zu sagen. Während Dada einen Schluck aus der Flasche nahm, probierte auch ich einen Zug musste aber wegen der Bitterkeit abbrechen.

Der Pastor beobachtete uns. Mit einem Lächeln fragte er dann: „Habt ihr eine Freundin?“

Ich nickte. Dada schaute mich entsetzt an.

Der Pastor nickte ebenfalls. „Wie heißt sie denn?“

„Sie heißt Julia und ist in meiner Klasse. Sie half mir mal bei den Hausaufgaben.“

Der Pastor wartete wieder einige Sekunden und warf dabei einen Blick zu Dada, der seinen Kopf gesenkt hielt. „Hast du Julia schon mal nackt gesehen?“

Ich wunderte mich über diese Frage und spürte, wie ein Schamgefühl in mir hoch stieg. „Nein“, antwortete ich schüchtern.

„Du brauchst dich nicht zu schämen.“, erwiderte er lächelnd und ließ wieder einen Augenblick vergehen, bis er die nächste Frage stellte. „Habt ihr euch schon mal gegenseitig nackt gesehen?“, fuhr er fort.

Ich guckte zu Dada, der seinen Kopf immer noch gesenkt hatte.

„Nein, auch nicht“, entgegnete ich wieder leise.

Daraufhin stand er auf, ging zu einer Kommode, öffnete sie und nahm eine Flasche heraus. Worum genau es sich handelte, wusste ich nicht. Anschließend holte er sich ein Glas und schüttete das Getränk hinein. Er gönnte sich einen kräftigen Schluck und verzog dabei das Gesicht. Anscheinend schmeckte ihm das nicht.

„Wisst ihr, wer ich bin?“, fragte er uns.

Ich schüttelte den Kopf.

„Wisst ihr, ich bin ein Kind Gottes. Jesus wählte mich aus, um euch zu reinigen, um euch von euren Sünden zu befreien. Aber ich will euch nicht immer schlagen, ich will gut zu euch sein. Ich kann aber nur gut zu euch sein, wenn ihr verdammt nochmal das tut, was euch sage.“ Er nahm wieder einen Zug aus der Flasche und wischte mit dem linken Arm die Tropfen von den Lippen. „Ihr wollt doch nicht geschlagen werden, oder?“

Ich schüttelte energisch den Kopf.

Erneut sah er zu Dada herüber und schrie ihn plötzlich an: „Warum bist du so respektlos?“

Dada schreckte auf.

„Kerfala ist respektvoll und antwortet mir. Du hältst dich wohl für was Besseres, was? Hast es nicht nötig, mich anschauen, hm?“

Er griff nach seiner Gürtelschnalle und öffnete sie, um kurz darauf aufzustehen und zu Dada zu gehen. Er berührte ihn sanft an seiner Wange, was mich sehr überraschte. Dada fing an zu wimmern.

„Schhhh, du musst nicht weinen, alles gut.“

Und schon wieder wusste ich nicht, wie ich mit dieser Gesamtlage umgehen sollte.

„Du arbeitest in diesem Hotel, oder?

Dada nickte.

„Hast du Kerfala schon mal erzählt, was du da machst?“

Mein Freund schüttelte den Kopf.

„Zeige Kerfala, was genau du da machst.“

Er griff ihm diesmal sanft an die Oberschenkel und streichelte sie. Mein Herz raste, denn ich konnte die Situation immer noch nicht einordnen. Der Pastor blickte zu mir herüber, befeuchtete seine Lippen und ließ seinen Blick erneut zu Dada wandern. Dann packte er seinen Arm und brachte ihn zu seinem Bett. Ich schreckte auf und rutschte von der Couch weg. Der Priester fing an, schwer zu atmen, es glich bereits einem Stöhnen. Dabei berührte er sich selbst zärtlich zwischen den Beinen und zwang Dada, sich hinzuknien. Mit einem Griff löste er seinen Gürtel und zog den Reißverschluss herunter.

Dadas Weinen wurde unerträglich. Schluchzend richtete er einige Worte an den Pastor. „Sag Kerfala, er soll rausgehen, bitte. Ich will nicht, dass er das sieht.“ Unter Tränen wiederholte er diese Sätze ein ums andere Mal.

„Kerfala wird hierbleiben! Und du tust jetzt das, was ich dir sage“, befahl er ihm.

Wir litten Qualen. Ich spürte ein starkes Stechen in der Brust und mein Gehirn fing an zu pulsieren. Plötzlich wurde es dunkel um mich herum. Ich entfernte mich immer mehr von dem Zimmer, dem Hier und Jetzt. Der Film in meinen Augen bekam allmählich Risse, bis ich gänzlich in tiefe Dunkelheit gefallen war.

Ich kann mich nur noch daran erinnern, wie ich in unserem alten Zimmer auf der nach Urin stinkenden Matratze wieder aufwachte. Als ich Dada an sah, schaute dieser in Richtung der Jesus-Skulptur. Seine

Augen waren dunkel. Ich weiß nicht, was er in dieser Nacht durchmachen musste, doch heute ist mir klar, dass schreckliche Dinge passiert sein mussten, die meine Seele aus dem Kopf löschte, um sich selbst nicht zu zerstören. Als Dada bemerkte, dass ich wach war, vertraute er mir einige Worte an, die ich bis heute niemals vergessen kann.

„Ich will in den Himmel zu meiner Mama."

Er fing an zu weinen, doch diesmal handelte es sich nicht um ein Heulen aus Angst. Es klang vielmehr nach dem Wimmern eines gebrochenen Herzens, das mit so viel Leid gefüllt war, dass auch ich mich unweigerlich in Tränen auflöste.

Es ist besser, wenn wir an dieser Stelle einen Cut machen. Sieh mich an, Keff. Wir hören hier auf und setzen nächste Woche in Herten fort.

Kapitel 8

Berlin

***

Gute Menschen sterben jung. Aber warum ist das so? Haben sie kein langes Leben verdient? Stattdessen gehen sie viel zu früh von dieser Welt und hinterlassen Trauer in den Herzen derer, die sie lieben.

Körperlich wie geistig bautest du immer weiter ab. Du wurdest unglaublich mager und deine Haare fielen dir aus. Dabei hattest du so schöne schwarze Haare. Du warst eine wunderschöne Frau und diese bezaubernde Art wolltest du bis an dein Ende bewahren.

Ich schlief ein, wachte auf und war froh, dich noch am Leben zu sehen. Du warst meine Hoffnung, die Hoffnung auf ein besseres Leben. Doch die Diagnose lautete: unheilbar. Es war dein Todesurteil ebenso wie meins.

Noch heute plagen mich Schuldgefühle. Ich habe ihr gesagt, sie soll aus deinem Leben verschwinden, obwohl sie dir Hoffnung und Mut gab und dir sogar ein Lächeln ins Gesicht zauberte. Ich habe damit dein Herz gebrochen.

Ich hasse den Krebs.
Er hat mir meine Liebe genommen.

***

Barmherzigkeit

Es war 6:00 Uhr morgens. Ich schaute auf die Anzeigentafel und machte einen kurzen Check, ob es sich um die richtige Bahn handelte. Dann blickte ich herüber zu Leyla. Sie wirkte dabei so abwesend und niedergeschlagen, als lastete irgendetwas auf ihr.

„Ready?“, fragte ich und versuchte durch meine Tonlage die Stimmung aufzuheitern.

Sie seufzte nur und warf einen Blick auf die Tür des ICEs. „Warum machen wir das hier überhaupt? Es bringt doch eh nichts.“

„Das wissen wir erst, wenn wir es versucht haben.“

Nach tagelangem Hin und Her konnte ich sie endlich dazu bringen, mit mir nach Berlin zu fahren. Ich sagte ihr, sie sollte es als eine Art Kurzurlaub sehen, in dem wir ganz nebenbei ihren Vater aufsuchen würden. Nachdem ich von Feride den Tipp erhielt, dass sie dieses Wochenende frei hatte, buchte ich kurzerhand ein Hotel und zwei Zugtickets für uns.

Wir drängten uns zu unserem Platz. In den vier Stunden wechselten wir kaum ein Wort. Ab und zu warf ich ihr kurze Blicke zu und bemerkte dabei, dass sie mich ansah, ihre Blicke jedoch schnell wieder abwandte. Manches Mal schaute ich aus dem Zugfenster, ließ die Gebäude und Bäume an mir vorbeiziehen und fragte mich, ob sie wusste, was sie erwarten würde. Sie verhielt sich jedenfalls sehr zurückgezogen und nachdenklich. Aus irgendeinem Grund musste ich an Isabella denken, die sich damals genauso benahm. Was wird uns in Berlin erwarten? Und was steckt hinter Aaliyahs Geheimnis?

Eine Ansage aus dem Lautsprecher machte uns darauf aufmerksam, dass wir den Berliner Hauptbahnhof in zehn Minuten erreichen würden.

Ich stellte meine Reisetaschen auf den Bahnsteig, um Leyla beim Aussteigen zu helfen. Dann schnappten wir unser Gepäck und schlenderten in Richtung der Ausgänge. Reisende so weit das Auge reichte.

„Wir müssen zum Taxistand, das Hotel ist in der Nähe.“

„Warum laufen wir nicht einfach dahin? Dann sparen wir uns die Kosten“, schlug sie vor.

Ich fand die Idee super. Also gingen wir zu Fuß zu unserem Hotel.

Als wir den Ausgang passierten, entgegnete uns eine frische Brise. Ich genoss die Luft nach fünf Stunden Zugfahrt. Nach einer halber Stunde erreichten wir endlich unsere Unterkunft, das Intercityhotel in der Nähe des Brandenburger Tores. Die noble Herberge erstreckte sich über mehrere Etagen. Wir waren auf der dritten Etage in einem großen Doppelzimmer untergebracht.

Im Zimmer angekommen, legten wir unsere Reisetaschen ab. Leyla schmiss ihren gesamten Körper auf das Bett und blieb für ein paar Sekunden regungslos liegen. Dann drehte sie sich zu mir und betrachtete mich. Für einen kurzen Moment überlegte ich, ob ich mich nicht neben sie legen, ihr tief in die Augen schauen und sie direkt zärtlich küssen sollte. Ich verwarf diesen Gedanken wieder und beleidigte mich selbst als notgeilen Penner.

„Was ist los?“, fragte sie mich.

Leyla sah mich an, als hätte sie meine Überlegungen gelesen. Schuldbewusst guckte ich in die andere Richtung.

„Sorry, Keff, aber ich werde jetzt erst mal ein paar Stunden schlafen. Ich bin müde und kaputt.“

„Natürlich. Ich würde gerne ein bisschen durch die Stadt laufen, wenn das okay ist?“

„Ja, ja.“ Sie winkte mich ab, holte ihre Jogginghose aus der Tasche und verschwand im Badezimmer, während ich mich auf den Weg machte, Berlin zu entdecken.

Eine angenehme Temperatur von lauwarmen 21 Grad breitete sich über der Hauptstadt aus. Die Bäume zeigten ihre grünen Blätter in voller Pracht. Viele Berliner genossen ihren Milchcafé oder ihr Bier auf den Terrassen. Eine Vielzahl von Menschen schlenderte mit glücklichen Gesichtern aus den Museen, von denen es in Berlin genug gab. Manche erledigten ihre Einkäufe bei „Aldi“ und „Netto“.

Ich trug heute ein weißes Shirt und eine blaue Chino-Hose, dazu Vans und nicht zu vergessen meinen schwarzen Hut. Meine Hände vergrub ich in den Taschen. Mein erstes Ziel sollte der „KaDeWe“ sein. Dort wollte ich schon immer hin. Danach sollte es der Alexanderplatz sein, anschließend das Brandenburger Denkmal, der Potsdamer Platz und dann, na ja, zurück zum „KaDeWe“. Ich liebte es, durch Großstädte zu laufen und dabei die verschiedenen Rassen und Herkünfte zu beobachten. Manchmal fragte ich mich, welche Geschichte jeder dieser einzelnen Leute zu erzählen hatte. Waren sie schön oder traurig, vielleicht sogar Tragödien? Jeder Mensch besitzt seine ganz persönliche Vergangenheit, worüber er ein ganzes Buch schreiben könnte.

Der Lärm des Verkehrs und die ganzen Ampeln entspannten mich. Beim Laufen dachte ich über sehr vieles nach. Meine Überlegungen machten immer wieder Sprünge – mal dachte ich für ein kurzen Moment an Aaliyah, dann fragte ich mich, warum ich in meinem hohen Alter immer noch keinen Führerschein besaß. Ich stellte mir auch die Frage, wie es wohl in Stuttgart sein wird. Werde ich neue Freunde finden? Wie wird es finanziell für mich laufen? Werde ich in Stuttgart vielleicht die Liebe meines Lebens finden? Oder bleibt es immer noch ein Wunschtraum? Werde ich dort endlich mein Buch veröffentlichen? Und werden die Menschen es kaufen oder wird es wohl ein Flop?

Ein lautes Hupen holte mich in die Realität zurück, danach folgte das laute Quietschen von Autoreifen.

„Willst du sterben, Junge?“, schrie der Autofahrer in meine Richtung und strecke dabei seinen Kopf aus dem Autofenster.

Ich bin über die Straße gelaufen, ohne auf die Ampel zu schauen, die Rot zeigte. Schnell entschuldigte ich mich mit einem Handzeichen und lief peinlich berührt weiter.

Nachdem ich meine Tour durch Berlin beendet hatte, kam ich spät abends ins Hotelzimmer zurück. Ich klopfte an die Tür. Sie öffnete sich langsam und eins von Leylas Augen erschien vorsichtig zwischen dem Spalt.

„Hast du einen Jungen versteckt oder warum machst du die Tür so langsam auf?“

„Ja, hier ist ein heißer Junge. Kannst du in fünf Minuten wiederkommen?“

„Der kann nur fünf Minuten? Hast ja nichts davon.“

„Du Arsch.“ Sie lächelte. Dieser Moment gehörte zu den wenigen, in denen ich ein Lächeln auf Leylas Gesicht sehen konnte. Es war wunderschön und anziehend.

„Was hast denn so gemacht? Du warst vier Stunden lang unterwegs“, wollte sie wissen.

Ich legte die Tüten von „Zara“ und „H&M“ auf das Bett, um ihr zu präsentieren, was ich so unternommen habe.

Als ich sie so ansah, wanderten meine Blicke auf ihre Hand. Darin hielt sie eine durchsichtige Dose, in der sich mehrere Tabletten in verschiedenen Farben befanden.

„Bist du krank?“, fragte ich sie.

Anscheinend vergaß sie es wegzupacken, denn sie schreckte bei meiner Bemerkung plötzlich auf und ging ohne mir eine Antwort zu geben ins Bad. Ich hakte nicht weiter nach. Wahrscheinlich habe ich mich bereits daran gewöhnt, nie eine Antwort zu bekommen. Sie tauchte nach einigen Minuten wieder auf.

„Wann geht es los?“, erkundigte sie sich.

Ich schaute sie an. „Wenn du willst, jetzt."

Sie überlegte einen Augenblick, nahm ihre Tasche und verschwand wieder ins Bad.

Eine halbe Stunde später war ich fertig und bereit. Ich setzte mich auf das Bett und bewegte nervös meinen Fuß auf und ab. Als die Badezimmertür sich öffnete, stand sie da. Ich hielt die Luft an. Makellos und wunderschön sah sie aus. Als ich die peinliche Stille bemerkte, räusperte ich mich kurz, bevor ich sagte: „Du siehst wunderschön aus."

Sie erwiderte ein kurzes Lächeln und schien sich wohl ein bisschen zu schämen, was sie noch hübscher und sympathischer machte. Ich kleidete mich in einen blauen, karierten Anzug, den ich mit einem weißen Hemd, einem roten Einstecktuch und einer blauen Krawatte kombinierte. Natürlich durfte mein Hut nicht fehlen – diesmal einer in beige. Leyla hatte ihre schwarzen, kurzen Haare geglättet und ließ sie schräg über ihre Stirn fallen. Sie war hübsch geschminkt und der Lila Lippenstift machte das schöne Bild komplett. Passend dazu trug sie ein schwarzes, schulterfreies, figurbetontes Kleid und lila High Heels, die farblich zu ihrem Lippenstift passten. Sie war on fleek.

„Dann lass uns gehen", schlug ich ihr lächelnd vor.

Sie schnappte sich ihre Tasche und wir fuhren den Aufzug herunter. Auf der Empfangsfläche lagen alle Blicke auf uns. Wir genossen diese Aufmerksamkeit und bewegten uns in Richtung Ausgang.

„Ich hätte niemals gedacht, dass du es wirklich machst“, sagte sie, den Arm fest an mich geklammert.

„Ich halte immer meine Versprechen.“ Dabei lächelte ich zurück.

Wir liefen zu Fuß zum Restaurant, das nicht weit vom Hotel entfernt war. Unser Ziel sollte eine italienische Gaststätte sein, schön abgedunkelt und romantisch gestaltet. Man konnte schon auf den ersten Blick erkennen, dass es sich um ein gehobenes Lokal handelte. Die leichte Nervosität bezüglich des heutigen Abends hatte sich schnell gelegt.

Am Eingang nickte und begrüßte uns einer der Kellner. Er führte uns zu dem reservierten Tisch. Ein Geruch von gegrilltem Fleisch und Pizza erfüllte den Raum. Während ich mich setzte, schaute ich mich unauffällig um. Das Restaurant schien gut gefüllt, überall vernahm man Gerede und Gelächter.

„Ich finde es echt schön hier. Zum ersten Mal werde ich so richtig ausgeführt, das hat noch nie ein Mann für mich getan.“ Sie machte einen Gesichtsausdruck, als ob sie es gar nicht verdient hätte.

„Nochmal: Dinge, die ich verspreche, die halte ich auch.“

Der Kellner überreichte uns die Karten. „Was möchten die Dame und der Herr trinken?“

Leyla bestellte eine große Cola und ich einen frisch gepressten Orangensaft.

„Morgen werden wir deinen Vater besuchen.“

Sie seufzte.

„Wie lange hast du ihn nicht mehr gesehen?“

„Seit knapp vier Jahren.“

Der Kellner brachte uns die Getränke an den Tisch. Leyla griff nach dem Glas und hielt es mit beiden Händen fest.

„Uns ist eine schreckliche Sache in der Familie passiert und anstatt mir und meiner Mutter zu helfen, verließ er uns, weil er mit der ganzen Situation nicht klarkam.“

Ich wollte ihr diesen besonderen Tag nicht verderben, also hielt ich meine Fragen zurück. Leyla bestellte sich ein Steak mit Pommes und ich mir einen doppelten Cheeseburger. Wir genossen das Essen sehr. Zwischendurch unterhielten wir uns über die Einrichtung des Lokals und wie schön es doch war. Als wir zu Ende gespeist hatten, schlug ich vor, ins Hotel zurückzulaufen, um später noch einmal in die Stadt zu gehen. Ich griff in meine Tasche in der Innenjacke und bemerkte, dass sich mein Portemonnaie dort nicht befand. Plötzlich lief es mir kalt über den Rücken, als ich feststellte, dass ich die Geldbörse in eine andere Jacke im Hotel gesteckt hatte. Geschockt schaute ich zu Leyla, die ihre Aufmerksamkeit einem Liebespaar neben uns schenkte.

„Leyla“, flüsterte ich ihr zu, „ich habe mein Portemonnaie im Hotelzimmer vergessen.“

„Dein Ernst?“ Der Satz war so laut, dass ich meinen Zeigefinger auf die Lippen presste, um sie dazu zu bringen leiser zu sprechen. „Hast du es vielleicht in der Hosentasche?“

Ich tastete alle meine Taschen ab in der Hoffnung, sie würde Recht behalten. Aber ich blieb ergebnislos. „Es tut mir leid, aber ich muss zurück ins Hotel.“

„Was soll ich hier machen? Du bist bestimmt eine halbe Stunde weg.“

Erneut presste ich den Finger auf die Lippen, um ihr zu signalisieren, dass sie bitte leiser sprechen möge. „Ich beeile mich.“

Leyla schüttelte den Kopf. „Nein, lass uns einfach rausgehen.“

„Wie ‚einfach rausgehen‘?“

Sie beugte sich über den Tisch und versuchte ihre Stimme zu dämpfen.

„Na lass uns einfach gehen. Wir machen das so: Ich gehe auf die Toilette und komme wieder, in der Zwischenzeit verschwindest du schnell nach draußen und ich gehe hinterher.“

Ich schaute sie nur unglaubwürdig an. „Du meinst das doch nicht ernst, oder?“

Sie stand auf, um mir zu präsentieren, dass sie es sehr ernst meinte. Schnellen Schrittes bewegte sie sich zur Toilette und mein Herz fing aus Nervosität wie verrückt an zu schlagen. Ich fühlte mich von überall beobachtet und wurde das Gefühl nicht los, dass alle Augen auf mich gerichtet waren.

Der Kellner stand plötzlich vor mir, ich schaute etwas verloren zu ihm hoch. „Möchten Sie und die Dame noch etwas trinken?“

„Die ist gerade auf Toilette.“ Eigentlich war das nicht die Antwort auf die Frage, aber die Angst saß zu tief.

Nach zehn Minuten war sie immer noch nirgends zu sehen. Ich nahm das Handy aus der Tasche und rief sie an. „Wo bist du?“, flüsterte ich ins Telefon.

„Ich bin schon auf dem Weg ins Hotel und du?“

Die hat mich verarscht, schoss es direkt in meinem Kopf. Wut breitete sich in mir aus.

„Wie, du bist schon weg? Dachte, du kommst wieder?“

„Habe es mir auf dem Weg doch anders überlegt.“

„Dann sagst du nicht Bescheid?“

„Vergessen.“

Sie hatte es einfach vergessen, ich konnte es nicht glauben. Ich stand da wie bestellt und nicht abgeholt. Die Anspannung stieg von Minute zur Minute. Ich hatte das Gefühl, dass das ganze Restaurant mich beobachtet. Als keiner der Kellner in der Sichtweite war, machte ich mich langsam auf den Weg zur Toilette. Kurz bevor ich vor der Tür stand, schaute ich hinter mich, ob mich nicht doch jemand bemerken würde, und ging dann zügig zum Ausgang.

Mit schnellen, langen Schritten überquerte ich die Straße. Als das Gefühl in mir hoch kam, sie hätten es doch gemerkt und die Polizei gerufen, rannte ich quasi um mein Leben. *Wie tief bin ich nur gesunken,* dachte ich mir nur.

„Leyla, wo bist du!“ schrie ich ins Telefon.

„Hallo, chill doch! Ich warte vor dem Hotel.“

Fünfzehn Minuten später erreichte ich dieses ebenfalls. Sie stand tatsächlich seelenruhig vor dem Eingangsbereich. Ich lief hinein ohne sie anzusehen. Ich war echt wütend auf sie.

„Hallo, kannst du bitte mal warten?“ Sie eilte mir hinterher und hielt mich am Arm fest. „Bist du jetzt sauer auf mich?“

„Du hast mich in Stich gelassen.“

Auf einmal lachte sie los. An diesem Abend hörte ich sie zum ersten Mal lachen. „Du bist so süß, wenn du sauer bist.“

„Und du solltest mehr lachen, anstatt immer so finster auszusehen.“

Sie schaute mich an, als hätte ich sie daran erinnert, glücklich zu sein. Natürlich versuchte ich noch weiterhin, den Verärgerten zu spielen, aber es gelang mir nicht mehr.

„Stell dir vor, die hätten die Polizei gerufen und morgen hätte man in den Fernsehnachrichten und in allen Zeitungen über uns berichtet.“

„Keff, was redest du da?“, sagte sie, als wir die Tür des Zimmers mit der Karte öffneten.

„Big News: Zwei Schwarze – wahrscheinlich muslimischer Herkunft – haben gestern ohne zu bezahlen ein Restaurant verlassen. Womöglich handelt es sich um eine islamische Tat.“

Und sie lachte nach meinen Sätzen wieder los. Ich liebte es, wenn sie lachte. Wir gingen gemeinsam in den Raum. Nachdem Leyla sich schlaffertig gemacht hatte, legte sie sich neben mich auf das Bett. Sie roch nach frischen Orangen, so nahm ich es jedenfalls damals wahr.

„Tut mir nochmal leid wegen heute“, flüsterte sie mir zu.

„Nicht schlimm." Ich drehte meinen Kopf in ihre Richtung.

Sie starrte auf die Decke. „Was liest du da?", wollte sie wissen.

Ich hatte Aaliyahs Tagebücher aufgeschlagen und angefangen, in einigen der Passagen zu schmökern. „Das sind Texte, die ich in meiner Jugend schrieb – Gedichte, Poesie. Und das hier, das sind Aaliyahs Tagebücher."

„Lies mir etwas von deinen Texten vor."

Ich nahm mir vorsichtig den Ordner mit den Passagen und las ihr einen Abschnitt daraus vor.

(Ein Originaltext aus den 30 Seiten, geschrieben mit 16 Jahren)

Manchmal habe ich das Gefühl, mich wird nie jemand richtig lieben. Aber dann lese ich die Bibel und Gott sagt, er liebt die Geduldigen. Und weil ich Gott vertraue, werde ich auf Gott hören und geduldig sein. Aber manchmal ist es komisch, dass die Menschen nur auf das achten, was jemand äußerlich trägt oder ob er hübsch ist. Reicht es nicht, wenn mein Herz schön ist?

Ich hoffe nur, dass ich nie diesen Schmerz fühlen muss wie bei Jasmin. Sie hatte sich in einen Jungen verliebt und beichtete dem Jungen ihre Liebe. Er sagte ihr mitten in der Klasse, dass er niemals mit so einer hässlichen Fetten zusammenkommen würde. Ich habe den Schmerz in ihr gespürt. Ich hätte sie gerne getröstet und ihr gesagt, dass sie nicht weinen sollte. Sie sollte niemals für irgendeinen Jungen weinen.

Ich wünsche mir, dass ich niemals so verletzt werde, denn das, was ich nicht will, dass man mir antut, tue ich anderen nicht an. Ich hoffe, dass ich nie wegen einem Mädchen weinen muss. Ich hoffe, die Frau, in die ich mich unendlich verlieben werde, wird meine letzte Frau sein.

***

Nachdem sie das alles gehört hatte, holte sie tief Luft.

„Du scheinst wirklich ein guter Mensch zu sein, ein Junge, den sich jedes Mädchen wünschen würde, oder?“, fragte sie mich.

„Das war ich ganz und gar nicht. Ich habe sehr vielen Frauen wehgetan.“

„Lebt sie noch, deine Aaliyah?“ erkundigte sie sich vorsichtig.

„Wie kommst du darauf, dass sie nicht mehr leben sollte?“

„Beantworte doch einfach nur meine Frage.“

„Ich weiß es nicht. Sie ist vor sechs Monaten gegangen, denn sie hatte Krebs.“

Bei dem Wort „Krebs“ merkte ich, wie sie zusammenzuckte. „Wie kannst du so positiv über sie reden, obwohl sie dich verlassen und im Stich gelassen hat?“, entgegnete sie.

„Es war und ist immer noch sehr schmerzlich für mich, aber worauf soll ich wütend sein? Soll ich etwa jemandem böse sein, der an Krebs sterben wird? Es ist doch für sie schon Strafe genug.

Nach knapp einem Monat fühlte ich mich orientierungslos. Der Sinn, warum ich lebe, verblasste immer mehr und meine Schreibblockade wurde immer größer. Ich realisierte, dass ich sie nie wiedersehen, nie wieder umarmen werde. Die Worte ‚nie wieder' quälten mich unendlich.

Ich vermisse sie sehr. Aber sie hat sich für diesen Weg entschieden. Wir sind selbst für unser Leben verantwortlich. Sie hat ihr Bestes getan, damit ich glücklich werde."

„War sie wirklich ein so guter Mensch?", hakte sie nach, drehte sich dabei in meine Richtung und schaute mir in die Augen.

„Ich glaube nicht mal, dass sie ein Mensch war. Ich glaube, sie ist ein Engel."

Sie drehte sich wieder auf den Rücken.

„Es gibt hier Textpassagen, in denen sie dich um Verzeihung bittet und dass du geduldig sein sollst. Sie entschuldigte sich immer wieder. Was ist passiert, Leyla?"

„Ich kann nicht darüber reden." Ihre Stimme fing an zittern. „Aaliyah hat mir das Letzte, was ich besaß, genommen. Ich ... ich weiß nicht, was ich darüber denken soll. Ich muss erst mal darüber nachdenken, bitte habe Geduld."

„Du musst mir die Realität zeigen. Ich will ein Buch

über sie schreiben, aber ich weiß nicht, wie ich anfangen soll. Es gibt so viele Namen, die ich nicht zuordnen kann, und wenn du mir nicht die Wahrheit sagst, werde ich nie ihr Geheimnis erfahren."

„Was ist für dich Liebe? Was ist wahre Liebe zwischen Mann und Frau?", fragte sie mich plötzlich.

„Wenn Frauen denken, dass sie mit ihrer Schönheit etwas ganz Besonderes sind und jeden Typen bekommen, dann frage ich sie:

‚Glaubst du, dein Freund würde noch zu dir halten und dich weiter lieben, wenn du ein verbranntes Gesicht hättest? Wenn du nicht mehr die Hübsche mit den vollen Lippen und dem krassen Arsch bist?

Und das ist, was ich immer wieder sagen möchte. Ihr denkt, Liebe bedeutet, einen geilen Typen mit Tattoos und Muskeln neben euch zu haben, der einen tollen Wagen fährt, und das ist dann die Liebe eures Lebens. Eine glückliche Beziehung zu führen, ist keine große Sache. Am Anfang ist alles schön, ihr tauscht Zärtlichkeiten aus und er ist ja sooo süß und nett zu dir. Du postest täglich Bilder von euch und Videos, anstatt erst mal abzuwarten. Ich lache mich immer kaputt, wenn ihr nach ein paar Wochen von ‚Ich liebe ihn über alles!' redet.

Wahre Liebe fängt da an, wo die äußere Schönheit aufhört, wenn die Verbundenheit so stark ist, dass selbst ein verbranntes Gesicht deine Liebe zu ihr nicht brechen kann, wenn selbst eine Krankheit dich nicht von ihr wegbringen kann. Ihr redet von wahrer Liebe nach ein paar Mal Sex, kuscheln und ein paar Ausflügen zu zweit. Ihr lauft Männern hinterher, die euch schon bei dem kleinsten Streit beleidigen und verlassen. Nennt ihr das immer noch Liebe? Denn Kuscheln, Sex haben und ein paar Dinge zusammen unternehmen ist noch lange keine Liebe. Warte erst mal ab, bis ihr geprüft werdet, und schaue dann, wie loyal dir deine Frau oder dein Mann ist. Das ist dann wahre Liebe."

„Wow, das war echt gut. Warum schreibst du nicht erst mal über dich?", schlug sie vor.

„Über mich?"

„Ja. Du sagtest doch, du bist ein Arsch gewesen und hast Frauen getäuscht. Erzähle doch erst mal deine Geschichte. Über sich selbst zu schreiben, ist immer am leichtesten. Vielleicht hilfst du damit dir und anderen Menschen viel mehr."

Die Idee schien mir zu gefallen, so weit hatte ich nie gedacht. „Mit was soll ich anfangen?"

„Schreibe über deine Jugendzeit, über deine Träume, Wünsche und Ängste." Als ob sie meine Gedanken gelesen hätte, fuhr sie fort: „Du musst die Texte reinpacken. Du musst sie unbedingt in deinem Buch veröffentlichen."

„Wie soll ich das aber machen? Sie einfach mitten in der Geschichte schreiben? Das würde die Leute verwirren."

„Im Gegenteil, das werden die Leute lieben. Suche dir von den unzähligen Texten einfach die, die situationsbedingt zu deiner Geschichte passen. Es wird ein Erfolg, vertraue mir."

Ich seufzte laut. „Wenn, dann möchte ich erst mal über mein Leben in Afrika schreiben und dann über Aaliyah.

„Das wird aber ein dickes Buch. Das ist zu viel, Keff. Erzähle erst mal die Geschichte von dir und Aaliyah in Deutschland. Dann irgendwann schreibst du noch ein Buch über dein Leben in Afrika."

„Bist du sicher? Soll ich nicht alles auf einmal erzählen?"

„Nein. Gib den Menschen immer nur ein Stück von dir, so bekommen deine Bücher einen bestimmten Wert."

Ihre Worte ließen mein Gehirn auf Hochtouren arbeiten. „Mit was soll ich denn dann im ersten Buch genau anfangen?"

„Fang mit einem Text an, der die Menschen schon mit dem ersten Satz in den Bann zieht."

Ich blickte auf die Decke und erinnerte mich an den Tag, an dem ich vor der Klasse stand und meine Texte der Welt vorstellte. Ich wusste, wenn ich anfange zu schreiben, dann wäre das die erste Szene. Als ich wieder zu ihr schaute, erkannte ich, dass die Hälfte ihres Körpers in meine Richtung zeigte. Sie sah mir in die Augen.

„Ich finde es schön, dass du ein Buch schreibst. Es muss etwas Besonderes für dich sein", sagte sie.

Ich lächelte sie an.

„Ich hoffe, über mich wird ein Mann auch mal ein Buch schreiben."

Mein Gehirn arbeitete wieder.

Sie lächelte und drehte sich zurück auf den Rücken. „Du hast mich doch gefragt, ob ich wegen meinem Vater nervös bin“, griff sie ein neues Thema auf.

„Ja, warum?“

„Ich bin nicht nervös. Ich habe riesige Angst. Ich meine, ich habe ihn seit knapp zwei Jahren nicht mehr gesehen.“

„Verließ er euch wegen deiner Mutter, weil sie sich selbst umgebracht hat?“

„Eher wegen meiner Schwester.“

„Magst du es mir erzählen?“

„Ich verspreche dir hoch und heilig, du wirst die Wahrheit bald herausfinden.“

Sie lag zusammengekauert neben mir. Ich verspürte das tiefe Verlangen, sie zu umarmen, konnte mich aber beherrschen.

„Erzähle mir mehr von Aaliyah. Wie war sie genau? Erzähle mir alles“, bat sie mit einer müden Stimme.

Ich berichtete ihr die gesamte Geschichte, von Anfang bis Ende. Irgendwann, als die Geschichte langsam ihr Ende fand, lag sie halb auf mir. Ihr Körper war warm, schwer, vor allem aber weich.

„Ich muss wieder an meine Schwester denken, Keff, immer wieder.“

Kurz nach diesen Worte schlief sie ein. Ich entschied mich, sie nicht zu wecken. Ich strich ihr über den Arm und bemerkte dabei einige Risse an den Unterarmen. Als ich das lange Shirt, das ihre Haut an dieser Stelle verdeckte, nach oben schob, stellte ich fest, dass sie mit vielen einzelnen Schnittwunden übersät war. Was hat dieses Mädchen erlebt, fragte ich mich und drückte sie fest an mich. Kurz darauf schlief auch ich ein.

La petite Jesus Christ | The. Stu. 8 | Das Gespräch fand im Café 9 in Herten statt. | Ertragt euch gegenseitig und vergebt einander, wenn einer dem anderen etwas vorzuwerfen hat. Wie der Herr euch vergeben hat, so vergebt auch ihr. Vor allem aber liebt einander, denn die Liebe ist das Band, das alles zusammenhält und vollkommen macht. | Glaube, Gebet, Fasten, Spende, Mekka | 31:10?

Ich war sehr aufgewühlt, konnte die ganze Nacht, nicht schlafen. Morgens holte uns Serge aus dem Zimmer und führte uns in die Halle. Dort erkannte ich meine Oma und Dadas Vater mit dem Pastor. Als wir eintraten, lief ich zur Oma und heulte Rotz und Wasser. Während sie irgendwie versuchte, mich zu trösten, suchten meine Augen nach Dada und fanden ihn bei seinem Vater und dem Pastor. Ich beobachtete etwas, was mich total verwirrte. Der Pastor drückte Dadas Vater ein Bündel Geldscheine in die Hand. Dieser nickte nur, während er das Geld in die Hosentasche steckte.

„Was hast du mit deinem Gesicht gemacht? Hast du dich etwa geprügelt?“, fragte mich meine Oma. Ich erzählte ihr alles, angefangen bei den Schlägen über das Zimmer bis hin zu der Matratze mit dem Urin. Aber das, was uns im Zimmer des Pastors widerfuhr, das erzählte ich niemandem. Ich redete mir selbst ein, dass es vielleicht nur ein Traum war und ich mir das nur eingebildet hätte. Anstatt tröstender Worte erhielt ich nur ein „Wir bringen dich eben nicht mehr dahin“ zur Antwort. Ich glaube, meine Oma realisierte nicht, wie schrecklich es für mich gewesen ist.

Danach sah ich Dada für fast zwei Monate nicht mehr. Er kam auch nicht mehr zur Schule. Anzuklopfen und nachzufragen traute ich mich nicht. Also lief ich jedes Mal, wenn ich Gemüse kaufen sollte, an dem Haus vorbei und blieb für ein bis zwei Minuten stehen in der Hoffnung, er würde zufällig das Haus verlassen. Aber nichts passierte.

Eines Sonntags kam meine Oma zu mir auf den Hof.

„Kerfala, heute gehen wir zu einer Feier. Bitte ziehe dir deine besten Sachen an.“

Also machte ich mich fertig und zog meine schönsten Klamotten an. Meine Oma trug ebenfalls ihr bestes Kleid, ein weißes, langes, afrikanisches Textil, mitsamt einer Kopfbedeckung aus weißen Tüchern. Sie wartete vor der Haustür. Anschließend liefen wir zum Markt, um einen der Busse zu nehmen, der uns zu dieser Feier bringen sollte.

„Wo fahren wir hin, Oma?“

„Das wirst du schon sehen.“, anwtortete sie entspannt.

Furcht stieg in mir hoch. Der Bus hielt an und wir bewegten uns nach draußen. Ein kleiner Luftstoß blies mir den Sand ins Gesicht und ich hustete mir die Seele aus dem Leib. Meine Oma griff nach meiner Hand und wir gingen an einer belebten Straße vorbei. Dann erreichten wir eine Kirche und klopften an die Pforte. Ein Mann mit einem schwarzen Anzug und schwarzer Sonnenbrille gewährte uns Eintritt. Ich klammerte mich an meine Oma und schärfte meine Sinne.

Als wir das Innere der Kirche betraten, sah ich, wie sich eine Menschenmenge um etwas stellte. Ein Mann hielt ein Buch in der Hand und sagte einige Sätze, die anderen wiederholten sie. Als wir uns der Gruppe näherten, tauchte ein Mann auf und lief direkt zu uns.

„Ist das Kerfala?“

Sie nickte und mein Überlebenskampf konnte beginnen. Ich hielt mit aller Kraft die Hand meiner Oma fest. Der Mann im Anzug verschaffte sich Platz durch die Menge. Wir folgten ihm. Als wir endlich die Mitte der Gruppe erreichten, erkannte ich einen Sarg, in dem jemand lag. Es war Dada – ein unrealistisches Bild. Ich weiß nicht mehr, was ich damals genau fragte, aber ich denke so etwas Ähnliches wie:

„Wieso habt ihr ihn da reingelegt?"

„Dada ist tot, Kerfala."

Dieser Satz erzeugte in mir viele Gefühle. Ich würde es als Chaos beschreiben, wie ein Wirbelsturm, der keine klare Linie hatte. Das konnte und durfte nicht sein.

„Dada ist nicht tot!", schrie in die Gruppe hinein. Die einen schauten mich geschockt an, die anderen weinten.

„Beruhige dich, Kerfala!", befahl mir meine Oma mit einem scharfen Ton.

„Warte Oma, ich beweise es dir!" Ich lächelte ihr zu und riss mich los.

Er war komplett in weiß gekleidet, trug eine weiße Stoffhose und ein weißes Hemd. Ich erinnerte mich an seine Worte, als er mir sagte, er würde sich tot stellen und ich bräuchte nur „Europa" zu sagen. Das war unsere geheime Sprache und ich würde allen hier beweisen, dass er lebt. Er wollte sich doch nur vor seinem Vater und den Schlägen schützen.

Ich ging, mit schnellen Schritten ganz nah an seinen Kopf. Als einer der Männer mich aufzuhalten versuchte, verteidigte mich meine Oma.

„Lasst ihn! Lasst den Jungen zu seinem Freund."

Ich war erstaunt über diese Aktion.

„Dada, Europa." Ich lächelte ihn an. „Ich weiß, dass du nicht tot bist, mich kannst du nicht veräppeln", erklärte ich ihm lachend.

Als ich sein Gesicht genauer inspizierte, rutschte mein Herz förmlich in die Hose. Was ich da sah, übertraf alles. Seine Erscheinung war übersät mit Flecken und Blutergüssen. Über seinem rechten Auge befand sich eine Fleischwunde, die nicht geheilt war und sein Gesicht schien aufgequollen. Seine Beine und Arme besaßen eine komische Form, so, als wären sie gebrochen. Heute bin ich ziemlich sicher, dass sie es auch waren. Als ich diesen Anblick sah, taumelte ich zwei, drei Schritte zurück und dann schrie ich um mein Leben. So wie an diesem Tag schrie ich das erste und letzte Mal. Menschen versuchten mich zu beruhigen, doch ich schlug um mich, bis meine Oma mich packte und mit beiden Armen an sich drückte. Ich weinte in ihren Armen.

Er ist tot.

Dieser Gedanke zerbrach mein Herz, er veränderte meinen Charakter und die Gefühle für andere Menschen. Mein Herz färbte sich schwarz, unendlich schwarz. Meine Oma nahm meine Hand und wir verließen den Saal.

Auf der Rückfahrt versuchte sie mich zu trösten, indem sie mir erzählte, man hätte Dada tot und blutend in einem dieser Hotelzimmer gefunden, in dem er und viele andere Kinder arbeiteten. Sie sagte, es sei das

Hotel des Teufels gewesen, Erwachsene machten dort schreckliche Dinge mit Kindern. Dann vertraute sie mir an, dass Dada früher oder später sowieso gestorben wäre, denn er hatte AIDS, übertragen von der Mutter. Sie wäre auch daran gestorben und daran wird wo möglich auch sein Vater sterben. Ich verstand dieses HIV nicht oder was es genau zu bedeuten hatte. Es war mir auch egal, warum und weshalb.

Zuhause weinte ich im Stillen die ganze Nacht. Die Tage danach verfiel ich in tiefe Trauer. Ein achtjähriger Junge wurde missbraucht, vergewaltigt und körperlich misshandelt, dann ermordete man ihn brutal und die Welt dreht sich einfach weiter. Er war nur einer von vielen, nichts Wertvolles in unseren Augen, und das tat unheimlich weh.

Warum hat man uns das angetan? Hatten wir nicht das Recht, wie ihr als Kinder glücklich zu sein? Ohne Gewalt, ohne Hunger, ohne Leid? Wir waren Kinder und man nahm uns unsere Seele.

***

Dada, ich habe mein Versprechen gehalten. Ich bin heute Buchautor. Schau, jetzt kennt dich bald die ganze Welt. Du bist nicht umsonst gestorben.

Möge Gott deine Seele an einen Ort gebracht haben, wo du deine Mutter umarmen und ihr sagen kannst: „Ich bin zu Hause, Mama“, an dem Ort, wo du endlich Kind sein darfst. Denn das Paradies gehört den Kindern dieser Welt. An den Ort, wo es keinen Tod mehr gibt, keine Gewalt, keine Vergewaltigung, kein Hungern. Der Ort, wo Hass nicht entstehen kann. Umarme deine Mutter und küsse sie, denn du hast sie wieder zurück.

Lass uns aufhören und morgen weitermachen, ist das okay? Du sagtest, du wurdest schwerkrank und man gab dir weniger als sechs Monate zu leben, stimmt das?

Ja ...

Kapitel 9

In deinen Armen, starb meine Einsamkeit

***

Jeder Mensch trägt sein Schicksal im Herzen.

Manche haben den Krebs als Schicksal, andere einen Herzinfarkt, manche einen Unfall, wiederum einige werden ermordet.

Welches Schicksal wirst du haben?

Du warst mein Engel, Amirah.
Ich liebe dich.

***

Geduld

Wir stiegen am Alexanderplatz in die U8 in Richtung Wittenau. Zielort: Jugendamt und Familienberatung. Leyla wirkte etwas abwesend. Ich konnte sie verstehen, denn auch ich wusste nicht, was mich da erwartete. Ich hatte umfangreiche Recherchen gemacht. Fast eine Woche lang telefonierte ich mit Behörden und Vermietern, bis ich endlich eine Antwort erhielt. Eine nette Sachbearbeiterin des Ortes Wedding in Berlin half mir bei der Suche. Als wir endlich positive Ergebnisse hatten, bat sie uns, nach Berlin zu kommen. Es sei wichtig gewesen.

„Weißt du, Keff, ich danke dir sehr“, äußerte Leyla fast schon traurig.

Wir erreichten die nächste Haltestelle, Fahrgäste stiegen aus und neue ein. Sie wartete kurz, bis die Türen sich wieder geschlossen hatten, und fuhr fort.

„Weißt du, was ich mich frage? Warum tust du das alles? Kein normaler Mensch fährt mit einer Unbekannten nach Berlin, bezahlt die Fahrten und die ganzen Hotelkosten. Aus welchem Grund gehst du diesen Weg mit mir?“

„Ich tue es wegen Aaliyah. Sie sagte mir, ich solle jedem Menschen helfen, dem ich helfen kann, also helfe ich dir.“

„Warum bist du dir bei Aaliyahs Worten so sicher? Ich meine, sie hat dich im Endeffekt verlassen, dich in Stich gelassen mit all deinem Schmerz. Solltest du nicht sauer auf sie sein oder enttäuscht?“

„Warum sollte ich es sein? Sie ist nicht für mein Leben

verantwortlich und auch nicht dafür haftbar, dass es mir gut geht. Es ist in Moment hart für mich und das wird es auch noch eine Zeit lang sein. Aber warum sollte ich mein Glück in die Hände einer anderen Person legen?"

„Keff, es tut mir so leid, ich ..." Sie stoppte mitten im Satz. Stattdessen drückte sie sich an mich und lehnte ihren Kopf an meine Schulter.

Diese Aktion überraschte mich sehr. „Leyla, was ist los?"

Leise Tränen streichelten ihre Wangen.

„ Leyla, was bedrückt dich? Ich merke doch, du hast etwas?"

Sie hörte abrupt auf zu weinen, blickte ins Leere und richtete sich auf, als wäre nichts gewesen. „Alles gut, tut mir leid. Ich bin einfach nur gerade im Stress."

Bevor ich etwas antworten konnte, ertönte die Sprechanlage der Bahn: „Nächster Halt: Gesundbrunnen-Center." Ich flüsterte ich ihr zu, dass wir hier raus müssen.

Es war ein kurzer Gehweg. Als wir vor dem Eingang des Jugendamtes standen, hielt sie an. Sie atmete einmal tief ein und wieder aus, ich öffnete ihr die Tür und wie betraten das Gebäude. Ein Geruch nach veralteten Büromöbeln kroch mir in die Nase. Am Empfang fragte ich nach der Sachbearbeiterin, deren Namen ich nicht verraten darf. Sie schickte uns ins zweite Stockwerk in das Zimmer Nummer 12. Ich schaute zu Leyla rüber, als wir die Tür erreichten. Sie wusste, dieses Zimmer zu betreten, bedeutete Schmerz.

„Bist du bereit?“

Sie bejahte und versuchte dabei selbstbewusst zu klingen, was leider scheiterte. Wir klopften und wurden Sekunden später hereingebeten. Die Sachbearbeiterin, eine etwas kräftiger gebaute, blondierte Dame mit strahlend blauen Augen, saß vor ihrem Computer, neben ihr Berge voller Ordner und Briefe. Sie schaute uns fragend an.

„Hallo, mein Name ist Keff und das ist Leyla.“

Ihr Gesichtsausdruck veränderte sich nicht. „Wie kann ich euch weiterhelfen?“

Langsam verstand ich, dass sie keinen blassen Schimmer hatte, wer wir sind.

„Wir haben miteinander wegen Leylas Vater, telefoniert.“ Dann nannte ich ihr seinen Familiennamen.

Als ob in ihrem Kopf eine Glühbirne angezündet wurde, lächelte sie uns an, stand auf und reichte uns die Hand. „Ja, stimmt! Schön, dass sie gekommen sind. Hier, nehmen Sie Platz.“ Sie reichte uns zwei Stühle. „Und Sie sind bestimmt Leyla.“ Sie schenkte ihr ein sanftes Lächeln. „Also es gibt einen Grund, warum ich Sie gebeten habe, direkt nach Berlin zu kommen.“ Ihr Gesicht nahm einen ernsten Ausdruck an. „Leyla, das, was ich Ihnen jetzt sagen werde, ist wichtig für Sie.“

Ich bemerkte Leylas zitterndes Bein und konnte ihre Anspannung förmlich riechen.

„Ihr Vater lebt leider nicht mehr. Er starb vor knapp sechs Monaten an einem Herzinfarkt.“

Es vergingen einige Sekunden, bis mein Gehirn

diesen Satz verarbeiten konnte. Diese Worte entfachten in mir eine Benommenheit. Ich bekam einen Tunnelblick und versuchte in Leylas Richtung zu schauen. Für einen Moment wusste ich nicht, was ich sagen oder tun sollte. Ich war wie gelähmt und nahm die Geschehnisse um mich herum nur noch in Zeitlupe wahr. Alles verlangsamte sich. Dann ließ ich mich gegen die Rückenlehne fallen, als hätte mich jemand nach hinten gestoßen. Bevor ich ein Wort sagen konnte, stand Leyla ruckartig auf.

„Ich bedanke mich für ihre Mühe." Daraufhin bewegte sie sich in Richtung der Tür.

Die Dame rang nach Worten, aber außer einem „Nicht dafür" fiel ihr nichts ein.

Leyla blieb kühl, zeigte keinen Hauch einer Emotion. Jeder von uns hätte geweint oder geschrien, aber sie blieb ruhig. „Kommst du?", fragte sie mich mit einem Lächeln, das so unrealistisch wirkte, dass es mir schon fast Angst machte.

„Moment, bitte bleiben Sie noch hier. Ich würde gerne mit Ihnen über eine sehr wichtige Sache reden.", wandte die Frau ein.

Leyla schaute desinteressiert weg, öffnete die Tür, teilte mir kurz mit, dass sie draußen warten werde, und verschwand.

Nach zehn Minuten kam auch ich aus dem Raum. Leyla stand vor dem Eingang.

„Was wollte sie noch?", erkundigte sie sich, als wir gemeinsam das Gebäude verließen.

„Ach, nichts Besonderes. Sie wollte uns – also speziell dir – ihre Hilfe anbieten."

Was Leyla damals noch nicht wusste: Ich hatte Nachrichten für sie, denn die Sachbearbeiterin vertraute mir etwas Unglaubliches an. Aaliyah war einfach ein Genie. Langsam verstand ich ihren Plan. Mir drängte sich der Gedanke auf, dass alle Informationen, die sie emotional belasten könnten, eine Gefahr für sie wären, also sagte ich erst mal nichts.

Auf dem Weg ins Hotel saßen wir wieder in der Bahn. Ich befand mich in einer unglaublichen Stresssituation. Wie sollte ich mich gegenüber jemandem verhalten, der gerade vom Tod des Vaters erfahren hat? Sollte ich sie umarmen oder doch in Ruhe lassen? Während ich tausende Möglichkeiten in meinem Kopf konstruierte, fing Leyla plötzlich an zu lachen. Es handelte sich nicht um das Lachen, als ob jemand einen Witz erzählte, sondern eher um eines, dass du von dir gibst, wenn du etwas sehr Beschämendes erlebt hast und du anstatt zu weinen darüber lachen musst. Das verwirrte mich noch mehr, sodass wir auf dem Weg von der U-Bahn bis zum Hotel kein einziges Wort miteinander wechselten.

Im Hotelraum herrschte Stille. Leyla wirkte wie betäubt. sie saß regungslos in ihrem Zimmer, während ich die Koffer für morgen früh packte. Ich blickte immer wieder zu ihr herüber, aber was sollte ich in diesem Moment sagen? Ich empfand Angst vor meinen eigenen Worten. Nicht, dass ich etwas Falsches sage und sie damit noch mehr verletzte. Plötzlich griff sie nach ihrer

Tasche und ging ins Badezimmer. Ein mulmiges Gefühl machte sich in mir breit. Ich wartete einige Minuten, bis ich es nicht mehr aushielt und ihr ins Bad folgte.

Als ich die Tür langsam öffnete, stand Leyla schluchzend vor dem Waschbecken. Ihr Arm blutete. Ich verstand schnell, was sie getan hatte. Sofort eilte ich zu ihr und nahm ein Handtuch, um die Wunden zu schützen.

„Es ist die einzige Art, meinen Schmerz zu lindern, Keff", sagte sie mir unter Tränen.

Wir legten uns auf den gefliesten Boden. Ich nahm sie in meine Arme und drückte sie. Das Einzige, was ich mir in diesem Moment wünschte, war, ihr den Schmerz und die Einsamkeit zu nehmen. Ich wollte, dass ihre Einsamkeit in meinen Armen stirbt.

Wir machen uns oft über Frauen oder Männer lustig, die sich selbst verletzen. Das Ritzen dient als Schmerzlinderung. Es betäubt den seelischen Schmerz und versetzt den Betroffenen in einen Rauschzustand. Menschen, die so etwas tun, leiden unter schweren Depressionen und Seelenschmerz, verursacht durch Vergewaltigung, Missbrauch oder Tod von geliebten Personen.

Wenn du einer dieser Person bist, die sowas machen, will ich dir etwas sagen:

(Ein Originaltext aus den 30 Seiten, geschrieben mit 21 Jahren)

Schmerz in der Seele zu haben, ist wie innere Blutungen.

Niemand sieht sie, aber es kann dich töten. Du willst dich schneiden und spüren, wie das warme Blut deine Arme küsst, nicht wahr? Dieses befreiende Gefühl, wenn der Schmerz vergeht, wer versteht das schon. Wer kann schon deine Gefühle verstehen, deine Qualen?

Sie halten dich für verrückt, für krank. Du bist anders, jedenfalls fühlst du dich so. Du versteckst deine Arme, niemand darf sie sehen. Niemand darf darüber reden. Dein Körper ist mit Narben übersät, wie ein Gemälde. Narben sind traurige Fotos auf der Haut.

Schlafen hilft nicht, wenn deine Seele müde ist. Aber weißt du was? Der Moment, in dem dir dein Leben sinnlos vorkommt, ist auch der Moment, wo du allen zeigen kannst, wie stark du bist.

Wenn eine Blume nicht blüht, stellt man sie in ein besseres Licht und schmeißt sie nicht weg. Also schmeiße dich selbst nicht weg. Wir wurden nicht geboren, um traurig zu sein ...

***

Zum ersten Mal nach Aaliyahs Weggang fragte ich mich, ob es die richtige Entscheidung war, jemandem zu helfen, oder ob ich damit nur einen weiteren Messerstich verursacht hatte.

Lelo natondi | The. Stu. 9 | Das Gespräch fand im Café 9 in Gelsenkirchen statt. | Mit Haut und Fleisch hast du mich bekleidet und mit Knochen und Sehnen mich durchflochten. Leben und Gnade hast du mir gewährt, und deine Obhut bewahrte meinen Geist. Und Gott sah alles, was er gemacht hatte, und siehe, es war sehr gut. | Beatrice, Antoinette, Ismael, Jibrill, Aaliyah, Laila, Isa | 5:33?

Danke dir, Keff, für alles, was du bis jetzt mit mir beredet hast. Wir neigen uns so langsam dem Ende zu.

Du hast von einer schlimmen Krankheit geredet. Erzähle es uns.

Zwei Monate nach Dadas Tod war ich stark in mich gekehrt. Ich redete kaum und interessierte mich nicht für Dinge, die um mich herum passierten. Mein Onkel bemerkte das und kam eines Sonntagabends zu mir. Ich befand mich im Hof, beobachtete die Sterne und hielt einen Stock in der Hand, mit dem ich versuchte, die Sterne auf dem Boden nachzuzeichnen.

„Kerfala, alles gut bei dir?“, fragte er mich besorgt.

„Ja“, antwortete ich knapp und zeichnete jetzt Kreise auf den Boden.

Mein Onkel räusperte sich, bevor er zum nächsten Satz überging.

„Ich weiß, dass du Dada vermisst, aber du darfst dich nicht davon unterkriegen lassen, Kleiner.“ Er streichelte mir über den Kopf. „Es ist nicht schön, wenn jemand stirbt, den du liebst. Aber in deinem Leben werden noch viele Menschen sterben, die du lieben wirst.“ Er seufzte. „Auch ich oder Oma werden eines Tages sterben. Das ist normal. Der Tod ist unser ständiger Begleiter.“

„Ich mag den Tod nicht. Der macht mich traurig“, erwiderte ich.

„Der macht uns alle traurig, aber weißt du, wie du Menschen am besten helfen kannst, wenn sie gestorben sind? Sorge dafür, dass niemand sie vergisst.“

Ich schaute zu meinem Onkel und fragte ihn leise, wie ich das anstellen sollte.

„Ich weiß es nicht. Das musst du selber herausfinden, aber du wirst irgenwann bestimmt eine Lösung finden, dass die Welt Daniel niemals vergessen wird."

Ich antwortete ihm nicht, vielleicht, um nicht in Tränen auszubrechen. Er streichelte mir erneut über den Kopf und lief anschließend wieder ins Haus zurück.

Genau zwei Wochen nach diesem Gespräch brach in Kinshasa ein Bürgerkrieg aus. Rebellen belagerten einige Teile der Hauptstadt und töteten oder vergewaltigten Frauen und Kinder. Meine Oma konnte deswegen nicht arbeiten. Die Ersparnisse gingen aus und Nahrung wurde knapp. Nach kurzer Zeit erkrankte ich an Hungerbauch. Er entsteht bei stark hungernden Menschen. Bei extremer Unterernährung sammelt sich Körperflüssigkeit, die mangels Eiweiß nicht mehr gebunden werden kann, im Bauchgewebe. Dadurch bekam ich einen dicken Bauch. Ich erhielt manchmal nur eine Mahlzeit am Tag. Wenn ich viel Glück hatte, gab es eine Schüssel Reis ohne Beilage, wenn ich Pech hatte, nichts. Wasser entwickelte sich zu einem Luxusgut. Meine Oma spendierte mir einmal am Tag einen Becher Trinkwasser. Das reichte erst mal, um am Leben zu bleiben.

Ich war mit meiner Situation noch einer der Glücklichsten. Manche meiner Freunde hatten zwei bis drei Tage nichts zu essen. Viele Kinder in meinem Alter starben an Unterernährung oder an diversen Krankheiten wie Malaria.

Wie bist du damit klargekommen? Ich meine, ich kann mir absolut nicht vorstellen, wie es ist, tagelang nichts zu essen. Wie hast du es geschafft, zu überleben?

Du gewöhnst dich an jedes Leid. Wir fingen an, alles zu schätzen. Zu hungern wurde etwas Normales, es gehörte dazu. Selbst ein kleines Bonbon oder Schokolade war für uns wie das Paradies. Irgendwann empfanden wir es als normal, nichts zu haben. Die körperlichen Schmerzen gehörten inzwischen zu meinem Leben. Wie ein Schatten verfolgten sie mich.

Der Tod wurde unser bester Freund. Ich sah ein Übermaß von Leichen in meinem Leben – unzählige verstümmelte, abgetrennte Körperteile. Köpfe ohne Rumpf lagen auf dem Weg zur Schule und manchmal handelte es sich eben auch um Leichen von Kindern, kleinen Mädchen oder Jungs. Ich habe viel gesehen, viel zu viel.

In Europa geht es uns gut, wir haben Essen im Übermaß. Wir entwickeln immer mehr diese Arroganz, Essen wegzuschmeißen, während andere vor Hunger sterben, diese Anmaßung, Teller vollzumachen, Fotos zu machen, zu posten, Gott für das Essen nicht zu danken und den Rest wegzuschmeißen.

Weil ich keine ausgewogene Ernährung hatte, sammelten sich Darmbakterien in mir. Ich hatte immer häufiger Luftnot, fühlte mich öfter schwach und sehr müde. Und dann passierte das, was passieren musste:

Ich erhielt zwei Tage hintereinander kein vernünftiges Essen und fiel auf dem Weg zur Schule in Ohnmacht. Ich besaß einfach keine Kraft mehr. Eine Bekannte fand mich auf dem Boden und alarmierte meine Familie. Ich kam ins Krankenhaus, wo es hieß, dass meine Überlebenschance bei dreißig Prozent läge. Der Tod hatte seine Tür für mich weit geöffnet. Mein Onkel und meine Oma standen verzweifelt im Zimmer. Ich konnte ihre Hilflosigkeit förmlich schmecken.

Nach knapp einer Woche sollte ich das Krankenhaus plötzlich verlassen. Mein Onkel packte meine Kleidungsstücke ein und wir gingen aus dem Hospital. Er trug mich auf dem Rücken, denn ich war zu schwach, um zu laufen.

Zuhause angekommen, standen gepackte Koffer im Wohnzimmer, mein Schrank war ausgeleert. Meine Oma schaute mich mit ernsthaftem Gesicht an.

„Ziehe dich aus, Kerfala, ich werde dich waschen. Und ich habe dir neue Klamotten gekauft, die wirst du anziehen." Natürlich fragte ich mich, was passiert ist, aber traute mich nicht, es laut auszusprechen. Draußen auf dem Hof nahm meine Oma einen Eimer voll Wasser und ein Stück Seife und wusch mich ordentlich. Frisch geduscht und angezogen, ging ich wieder ins Wohnzimmer zurück. Plötzlich befanden sich mein Opa, Onkel, Tante und überraschenderweise sogar meine Mutter im Wohnzimmer. Von meiner Mama war ich am meisten überrascht. Sie stand da mit einem Baby in der Hand. Zarte 25 Jahre alt war sie zu dem Zeitpunkt. Tränen zeichneten sich auf ihrem Gesicht ab. Heute weiß ich, das Baby auf ihrem Arm war mein kleiner Bruder Beni.

„Keff, heute ist ein großer Tag für dich."

Das Schluchzen meiner Mutter verstärkte sich nach dem Satz von meiner Oma.

„Du fliegst morgen früh nach Europa."

Mein Herzschlag verdoppelte sich. „Ich Fliege nach Europa?", wiederholte ich ungläubig und fing an zu weinen. Alle dachten in dieser Sekunde, es wären Freudetränen gewesen, aber in Wahrheit handelte es sich um Tränen der Enttäuschung, der Ungerechtigkeit. Ich hatte mir so sehr gewünscht, Dada wäre hier gewesen und wir würden gemeinsam nach Europa fliegen.

Meine Mutter kniete sich zu mir nieder, unsere Augen trafen sich. Ich hatte genau dieselben Augen wie meine Mutter. „Kerfala, bitte vergiss mich nicht. Denke immer an deine Mutter, die dich sehr liebt."

Ich versuchte krampfhaft, ihren Blick nicht zu erwidern.

„Kerfala, schaue mich bitte an!" Meine Mutter packte mich an den Wangen und drehte mein Gesicht zu ihrem.

Ich zitterte vor Wut am ganzen Körper. „Du bist nicht meine Mama, ich hasse dich!", schrie ich ihr ins Gesicht.

Ihre Reaktion werde ich bis heute nicht vergessen. Sie fasste sich an die Brust und ihr Gesicht verzog sich schmerzlich wie bei jemandem, der angeschossen wurde und die Kugel den Körper durchsiebt hatte. Sie verharrte für ein paar Sekunden in dieser Haltung. Sie atmete schwer und dann gab sie mir eine heftige Ohrfeige.

„Beatrice, er ist noch ein Kind!“, krähte meine Oma sie fassungslos an.

Meine Mama versuchte, ihre Wut unter Kontrolle zu halten und sah mich unter Tränen an. „Höre mir genau zu. Ich weiß, dass ich keine gute Mutter für dich sein konnte, dass ich dich im Stich gelassen habe und das bereue ich jeden verdammten Tag. Aber ich war selbst noch ein Kind. Ich hätte dich nicht so gut erziehen können, wie es deine Oma tat. Mit Liebe allein kannst du keinen Magen füllen, Kerfala, oder saubere Kleidung kaufen. Ich habe dich nicht abgeben, weil ich dich nicht liebte. Ich habe dich abgegeben, weil ich für dich ein besseres Leben wollte, besser als meins. Du fliegst morgen nach Europa zu deinem Vater.

Als ich gehört habe, dass du schwerkrank bist und sterben wirst, hat es mein Herz gebrochen. Ich will nicht die nächste Mutter sein, die in Kinshasa ihr Kind beerdigen muss. Nein, ich will dich nicht beerdigen, Kerfala. Eine Mutter sollte niemals ihr Kind begraben müssen. Ich habe deinen Vater angefleht, dich zu holen und sich um dich zu kümmern, denn du bist auch sein Kind.

Egal, wie sehr du mich hasst, du wirst für immer mein Sohn bleiben und ich deine Mutter, hörst du? Egal, wie sehr du mich hasst, du wirst mich niemals loswerden.“ Sie küsste mich auf die Wange.

Ich wollte von alledem nichts hören, nichts verstehen

und löste mich von ihr. Ihre Nähe war unausstehlich für mich. Stattdessen lief ich zu meiner Oma und umarmte sie. Eine unerträgliche Atmosphäre lag in der Luft. Als sie sah, wie ich meine Oma in die Arme schloss und wütend zu ihr herüberschaute, verließ sie daraufhin mit meinem kleinen Bruder im Arm den Raum. Sie verschwand für immer aus meinem Leben.

Ich kann mich noch genau an den Tag erinnern, als ich die Reise nach Europa antrat. Wir fuhren erst mal zwei Stunden mit dem Bus und mussten danach mit einem Kahn einen Fluss überqueren. Auf dem Weg erzählte mir mein Onkel, ich solle nicht traurig sein, denn ich werde ab morgen ein besseres Leben haben.

Ich verstand damals nichts, außer dass ich woanders hingehen werde, wo ich nie wieder Trauer empfinden muss. Nie wieder traurig sein – das war mehr als ich in meinem Leben wollte.

„Sterben Menschen in Europa?"

„Warum fragst du?", fragte mich mein Onkel.

„Ich will nie wieder, dass jemand stirbt, den ich liebe oder mag."

„Ich verspreche dir, Kerfala, in Europa wird nie wieder jemand sterben, den du liebst."

Er hat sein Versprechen leider nicht halten können.

Wie war es, deinen Vater zum ersten Mal zu sehen? Inzwischen bekamst du ja eine Schwester in Europa, die du damals als Baby kennengelernt hast, nicht wahr?

Es war ein komisches Gefühl, aus dem Flugzeug zu steigen und dann sagt die Frau: „Du bist jetzt in Deutschland.“ Ich blickte nach links und rechts und sah nur weiße Menschen. Ich meine, es war ja nicht das erste Mal, aber so viele auf einmal empfand ich schon als eine Belastung.

Mir fiel auf, wie sauber alles war. Mitten im Airport stand mein Vater, und ich neben der unbekannten Frau, die mich begleitete. Sie stupste mich an und flüsterte mir zu, ich solle vorauslaufen, aber traute mich nicht, auch nur einen Schritt zu machen. Also blieb ich stehen, bis er zu mir kam. Als er vor mir stand, reichte er mir seine Hand. Ich staunte darüber, wie ähnlich er meinem Opa und meinem Onkel sah.

„Hallo Kerfala“, begrüßte er mich. Unsicher erwiderte ich seine Geste.

Die Frau verabschiedete sich von uns. Sie nahm den nächsten Flug nach Paris. Ich blieb alleine mit ihm und meinem zu großen Rucksack. Er nahm meine Hand und wir verließen den Airport Richtung Herten/Westerholt in Nordrhein-Westfalen.

Die Fahrt verlief ganz ruhig ohne viel Gerede. Mein Vater fragte mich, ob ich hungrig wäre und dass er jetzt eine neue Frau hat, die lecker für mich gekocht hätte. Er erzählte mir auch, dass ich eine kleine Schwester hätte und mich gut um sie kümmern sollte. Ich hörte desinteressiert zu. Mehr Aufmerksamkeit widmete ich den Häuser und Ampeln, die an uns vorbei zogen. Ich wunderte mich, wie viele Straßen es hier gab, über die ganzen Häuser und großen Gebäude.

Während der Fahrt brach die Nacht heran. Regenwolken bildete sich. Ich beobachtete, wie die Regentropfen auf die Scheibe klatschten, und zum ersten Mal spürte ich so etwas wie Hoffnung. Nie wieder traurig werde ich sein, nie wieder leiden werde ich. Mich wird nie wieder jemand verletzen, aber vor allem wird nie wieder jemand sterben, den ich geliebt habe.

„Was willst du essen, Kerfala?“ erkundigte sich mein Vater, als er in die Einfahrt einbog.

Ich schaute zu ihm herüber. „Ich will glücklich sein.“

Als wir die Wohnung an der Malerstraße in Westerholt erreichten, spürte ich weder Angst noch Freude. Meine Schwester Rachline war noch ein Baby und bekam erst mal nichts mit. Ich glaube, sie wunderte sich jeden Morgen, wieso da plötzlich ein achtjähriger Junge am Esstisch saß. Zu viert wohnten wir in einer Zwei-Zimmer-Wohnung. Ich schlief mit meinem Vater, der Mutter und meiner Schwester in einem Zimmer. Meine Eltern verfügten quasi nur über Privatsphäre, wenn wir spielen waren.

Wie war das mit der neuen Frau deines Vaters? Wie bist du mit ihr klargekommen?

Ich kann ihr als Mutter nicht vorwerfen, dass sie irgendetwas falsch gemacht hätte. Sie war selbst frisch Mama und sollte plötzlich ein achtjährigen Kind versorgen, das war eine schwere Aufgabe. Dazu bin ich noch ein sehr schwieriges Kind gewesen, voller Hass und Wut.

Aber sie gab ihr Bestes und heute sehe ich sie auch nicht als meine Stiefmutter, denn ich hasse dieses Wort. Sie ist meine Mutter und fertig. Sie ist meine Mutter und ich liebe sie über alles. Und mit ungefähr neun Jahren musste ich zum ersten Mal lernen, „Papa“ und „Mama“ zu sagen.

Hast du bis heute nie wieder mit deiner leiblichen Mutter gesprochen oder Kontakt hergestellt?

Den ersten Kontakt mit meiner Mutter nach meiner Reise nach Europa hatte ich, glaube ich, mit 20 Jahren, also ganze elf Jahre später. Es passierte an einem Sonntagmorgen. Mein Vater rief mich zu sich, gab mir das Telefon und sagte emotionslos: „Deine Mutter“, als ob es irgendein Kumpel wäre. Ich empfand es als komisch, die Stimme meiner Mutter zu hören. Es war seltsam, weil ich sie nicht kannte. Ich wusste bis dato nicht, wie sie sich anhörte.

„Hallo.“

„Hallo Kerfala. Ich bin es, Beatrice, deine Mutter.“

„Okay.“ Etwas Besseres fiel mir einfach nicht ein.

„Mein Sohn, ich habe so oft gebetet, dich noch einmal zu hören oder zu sehen, bevor ich sterbe. Wie geht es dir?“

„Mir geht es gut und dir?“

„Mir geht es auch gut. Du klingst so erwachsen. Du hast eine sehr tiefe Stimme bekommen. Kerfala, ich habe dich nie vergessen. Du bist doch mein erstes

Kind gewesen und ich liebe dich mehr als mein eigenes Leben. Ich bin so unendlich traurig, dass ich dir nie eine Mutter sein konnte. Manchmal wünsche ich mir, ich hätte dich nie gehen gelassen, aber dann wärst du in meinen Armen gestorben.

Ich liebe dich über alles, Kerfala, das sollst du immer wissen, und ich freue mich, dich in Kongo wiederzusehen. Du hast hier noch weitere Geschwister, die sich freuen werden, dich zu sehen, ihren großen Bruder endlich zu treffen. Bitte komm zurück, solange deine Mutter noch lebt, damit sie ihren Sohn umarmen kann."

„Ich werde kommen", antwortete ich.

Dieses Versprechen habe ich leider bis heute nicht halten können. Aber ich habe fest vor, im Jahr 2018 das erste Mal zurück in die Heimat zu fliegen und natürlich will ich euch daran teilhaben lassen.

Danke dir, Keff. Du musstest ja einige Zeit ins Krankenhaus, als du nach Deutschland kamst, nicht wahr? Da ist etwas ganz Schreckliches passiert, worüber ich noch mit dir reden wollte. Ist das in Ordnung?

Ja.

Kapitel 10

Als mein Herz zum zweiten Mal gebrochen wurde

***

Ich danke dir für Aisha, sie bringt mir wieder etwas Licht in mein Leben.

***

Gott

Als wir in der Bahn in Richtung Köln saßen, blätterte ich wieder in Aaliyahs Tagebüchern. Beim Lesen verspürte ich jedes Mal das Gefühl, sie würde direkt zu mir sprechen. Ihre Worte packten und fesselten mich. Die Art, ihre Gefühle zu beschreiben, glich einem Kunstwerk für meine Seele. Ich schämte mich immer mehr, dass ich so schlecht über sie dachte und ihr die Schuld gab, warum ich so unglücklich war. Aaliyah schenkte mir so viel Kraft und Mut und ich habe es nicht mal geschafft, ihr Versprechen zu halten. Nicht einmal das Buch habe ich geschafft zu schreiben.

Der ICE steuerte in einen Tunnel und ich schaute zu Leyla herüber. Sie war während der ganzen Fahrt in sich gekehrt, bemerkte aber meinen Blick und erwiderte ihn.

„Sie hat dir wirklich alle ihre Tagebücher gegeben, nicht wahr?"

Ich nickte.

„Was steht da alles?", fragte sie mit zarter Stimme.

„Alles steht da. Sie beschreibt ihre komplette Kindheit in Libyen sowie die ersten Jahre in Deutschland, berichtet über ihre Krankheit, den Aufenthalt im Krankenhaus und die Zeit mit mir, einfach alles.

„Lies mir etwas vor."

Ich suchte mir eine Textpassage aus.

(Geschrieben mit 22 Jahren, an dem Tag, als sie erfuhr, dass sie den Krebs nicht besiegen wird.)

Ich höre das Weinen meiner Mutter in der Stille des

Raumes, als sie erfahren muss, dass sie mich beerdigen wird. Es schmerzt, das Weinen meiner Mutter. Ich bin lange genug mit verschlossenen Augen durch die Welt gegangen. Nun öffne ich sie und sehe den Tod. Es gab Zeiten, da dachte ich für immer zu leben. Ich bin eine Träumerin gewesen, ich habe in einer Traumwelt gelebt. Jetzt bin ich endlich wach und das „jetzt“ ist zu spät. Manchmal wünsche ich mir, ich wäre nie aufgewacht.

Ich habe Angst vor dem Tod, ich habe schreckliche Angst. Ich will den Tod nicht, ich will leben. Gott, bitte lass mich noch etwas länger leben. Ich wünsche mir, dass Amirah nicht dasselbe durchmachen muss wie ich, dass Allah ihr wenigstens ein bisschen mehr Zeit gibt. Sie ist doch noch so jung.

Wer das hier auch immer lesen wird, ich bitte dich: Schätze das Leben und danke Gott jeden Morgen und jeden Abend. Ich habe es lange nicht getan. Bitte sei nicht traurig. Ich kehre zu meinem Gott zurück.

***

„Ich habe mich so getäuscht und das tut am meisten weh“, sagte sie deprimiert. „Keff, ich habe einen schlimmen Fehler gemacht. Ich habe ihr etwas Schreckliches angetan.“ Sie griff nach meiner Hand und drückte fest zu. „Du musst ihre Geschichte veröffentlichen, Keff.“ Diese Wiederholung klang eher nach einer Aufforderung als nach einer Bitte. Die Worte beunruhigten mich sehr.

Leylas Sprache erzeugte wie immer ein Fragezeichen

in meinem Kopf. Alles, was sie in den letzten Tagen von sich gab, wirkte so inhaltslos. Mich packte der Drang, endlich zu wissen, was Sache war. Ich griff nach ihrer Hand, schaute ihr tief in die Augen und fragte sie: „Wenn du mir nicht die Wahrheit erzählst, werde ich das Buch niemals veröffentlichen“, drohte ich ihr.

„Bleib heute Abend bei mir, ich werde dir die komplette Wahrheit erzählen, ich verspreche es.“

Mit dieser Antwort konnte ich leben.

Wir stiegen gemeinsam am Kölner Hauptbahnhof aus.

Ihre Blicke trugen wieder diese Leere in sich. Es machte mir Angst. Diese Wunden an ihren Armen, ich musste die ganze Zeit an diese Wunden denken.

Bei ihr angekommen, stellten wir unsere Sachen im Wohnzimmer ab. Wortlos zog ich die Schlafcouch aus und sie ging ins Bad. Ich kramte in meinen Sachen und nahm meine Jogginghose und ein Shirt heraus. Während sie sich immer noch im Bad befand, legte ich mich auf die Couch. Die Worte der Sachbearbeiterin brannten mir immer noch auf dem Herzen. Wenn ich ihr sage, was ich von der Bearbeiterin erfahren hatte, wird es so etwas wie ein Trost für sie sein, vielleicht auch ein Stück Hoffnung, ich wusste es nicht genau. Sobald sie wieder ins Wohnzimmer käme, würde ich es ihr erzählen.

Ich machte gemächlich meine Augen auf und merkte, dass ich eingedöst war. *Wie lange habe ich geschlafen,* fragte ich mich und griff nach meinem Handy. Es waren bereits 45 Minuten vergangen und von Leyla keine Spur. Ich versuchte, Geräusche in der Küche wahrzunehmen, aber auch dort hörte ich sie nicht. Also richtete ich mich auf und bewegte mich zum Badezimmer, wo ich sie zuletzt gesehen hatte. Nun stand ich vor der Tür, doch es herrschte völlige Stille. Ich klopfte vorsichtig und lauschte ein paar Sekunden – keine Reaktion. Ich wiederholte mein Vorhaben, diesmal aber kräftiger – wieder keine Reaktion. Also drückte ich die Klinke und wollte eintreten, doch die Tür blieb zu. In mir bildeten sich tausend Fragen. Vielleicht holte sie nur frische Luft und die Badezimmertür ist immer verschlossen. Ich nahm mir erst einmal fest vor, nicht in Panik zu geraten.

Ich ging zurück zur Couch. Auf dem Weg dahin weckte ihr Schreibtisch mein Interesse. Darauf lagen überall Notizen. Als ich manche davon in die Hand nahm, überflog ich einige Passagen. Mein Herz blieb stehen. Bei genauem Lesen stellte ich fest, dass es sich um meine Texte, meine 30 Seiten, handelte. Mein Herzschlag verdoppelte sich in Rekordzeit. Nun sah ich mir auch die anderen Texte an – sie waren alle von mir. Dann bemerkte ich etwas Komisches: Vor mir lagen ausnahmslos Kopien, keine Originale. Ich glaubte ohnmächtig zu werden.

Mit den Texten in der Hand lief ich schnellen Schrittes in Richtung Badezimmer und hämmerte gegen die Tür.

„Leyla, wenn du die Tür nicht aufmachst, werde ich sie aufbrechen!“

Ich trommelte erneut dagegen, diesmal mit mehr Mut und Entschlossenheit.

Plötzlich klopfte es mehrfach aufgeregt gegen die Wohnungstür. Angst machte sich in mir breit. *Wer könnte es sein*, wunderte ich mich. Ich machte sie aus Furcht nur einen Spalt breit auf. Feride stand davor. Völlig panisch und mit zittrigen Händen schob sie mich zur Seite und ging ins Wohnzimmer. Als sie niemanden sah, schrie sie mich an, wo Leyla sei.

„Sie ist in Badezimmer und öffnet die Tür nicht.“

„Wir müssen die Tür aufbrechen!“, tobte sie.

„Was ist denn passiert?“, fragte ich besorgt.

„Sie hat mir vorhin komische Nachrichten geschickt. Leyla leidet unter Panikattacken und Depressionen. Ich habe Angst, dass die sich was antun könnte.“ Auch sie hämmerte gegen die Tür. „Kriegst du die aufgebrochen?“ Für einen Augenblick überlegte ich, ob sie das ernst meinte, aber ihre Blicke sagten alles.

Ich konzentrierte mich auf die Tür, nahm Anlauf und schmiss mein komplettes Gewicht mit voller Wuchtdagegen. Mit einem lauten Krachen gab sie nach.

Der Anblick im Badezimmer versetze mich in einen Zustand, der mich bewegungslos machte. Ich ließ meine Texte fallen, die sich wie in Zeitlupe auf den

Fliesen verteilten, und bekam einen Tunnelblick. Ich sah Leyla nackt in der randvoll gefüllten Badewanne. Das Wasser quoll bereits über den Rand und breitete sich über den ganzen Boden aus. Ihr Kopf lag noch über dem Wasser. Sie hielt die Augen geschlossen und bewegte sich nicht.

In mir wurde es geräuschlos, ich hörte nichts mehr, keinen Ton. Meine Knie gaben nach und ich ging zu Boden. Meine Hände und Füße fühlten sich an wie festgekettet. Sekundenlang blieb ich in dieser Position. Plötzlich stieß mich etwas zu Seite. Ich hörte meinen Namen, doch es erschien mir, als wäre es kilometerweit weg. Ich versuchte mich zu konzentrieren.

„ Keff!“ Die Stimme wurde lauter und lauter. „Keff!“

Ein heftiger Atemstoß katapultierte mich wieder in die Realität.

„Keff, hilf mir!“

Ich spürte meine Gliedmaßen wieder, stand auf und eilte zu Leyla. Instinktiv steckte ich meine Hände ins Wasser und hob ihren Kopf mitsamt Rumpf nach oben.

„Ruf den Notarzt, ich halte sie fest!“, befahl ich Feride.

Sie stand auf, doch dabei rutschte sie aus und knallte auf den Boden.

„Alles okay, Feride?“

„Ja, ja, alles gut.“

Sie quälte sich auf und humpelte aus dem Badezimmer. Ich lagerte immer noch Leylas Kopf über dem Wasser.

Feride hinkte mit Tränen im Gesicht zurück. „Es tut mir leid, ich wusste nicht, ich meine, dass sie es tut .... und ... ich habe es nicht kommen sehen." Die Worte, die sie aussprach, waren das reinste Chaos. „Sie leidet schon sehr lange an Angstattacken und Depressionen, seit ihre kleine Schwester gestorben ist."

Wie ein Blitz fiel mir etwas auf. Also fragte ich sie, wie die Schwester hieß.

„ Amirah."

Was sie mir sagte, öffnete mir vollständig die Augen. Jetzt wurde mir alles klar. Alles, was in den Tagebüchern stand, ergab nun einen Sinn. Wie in einem Puzzle legte ich den letzten Baustein und erkannte das gesamte Bild. Ich verstand Leylas Wut und wusste jetzt, was Aaliyah Leyla angetan hatte und wie sich Leyla wiederum an Aaliyah rächte. Alles wurde deutlich und fassbar. Ich erkannte, dass es nie um mich ging. Ich spielte in ihrem Leben nie die Hauptrolle. Nie war ich so wichtig, wie ich gedacht habe. Mein Herz wurde zum zweiten Mal gebrochen.

„Hast du geschaut, ob sie noch Puls hat?", fragte mich Feride.

Ich berührte ihren Hals, aber spürte kein Leben mehr ...

Otekelinga Bolingo | The. Stu. 8 | Das Gespräch fand im Café 8 in Stuttgart statt. | Und Gott wird abwischen alle Tränen von ihren Augen, und der Tod wird nicht mehr sein, noch Leid noch Geschrei noch Schmerz wird mehr sein; denn das Erste ist vergangen. Es ist geschehen. Ich bin das A und das O, der Anfang und das Ende. Ich will dem Durstigen geben von der Quelle des lebendigen Wassers umsonst.

Wer überwindet, der wird dies erben, und ich werde sein Gott sein. | Dschanna und Dschahannam | 17:14,15?

Ich freue mich sehr, dich in Stuttgart zu treffen, Keff. Es war bis jetzt ein langer Weg, den ich mit dir gegangen bin. Ich freue mich auf unser letztes Gespräch. Es kostet sicherlich starke Überwindung, so eine Geschichte zu erzählen. Ich meine, welcher Mensch gibt schon gerne seine Sünden und Schwächen zu?

Bevor wir mit der Geschichte im Krankenhaus beginnen, habe ich noch einen Wunsch, Keff. Viele Menschen fragen dich bestimmt, wie du zum Islam gekommen bist. Ich denke, das wäre für uns alle sehr interessant zu erfahren.

Es war mein Wunsch, meine Geschichte zum Islam im zweiten Buch zu veröffentlichen. Aber in den letzten Monaten habe ich eines erkannt: Wir leben in einer Welt, in der es zu sehr darum geht, wer welche Religion hat, wer Sunnit oder Schiite ist, wer Recht und wer Unrecht hat. Anstatt uns auf unsere eigenen Sünden zu konzentrieren, konzentrieren wir uns auf die Sünden anderer.

Die großen Mächte wollen, dass wir uns wegen der Religion die Köpfe einschlagen. Aus Respekt und Höflichkeit gegenüber anderen Glaubensrichtungen will ich dieses Thema in diesem Buch nicht veröffentlichen. Aber ich kann sagen: Ich bin bis heute überglücklich, Muslim zu sein. Und eines will ich meinen Glaubensschwestern und -brüdern mitteilen: Auch wenn wir es im Moment schwer haben, weil die ganze Welt gegen uns ist, haltet immer an eurem Glauben fest, spendet und betet und tut Gutes auf dieser Welt. Gott vergisst niemanden, der Gutes tut, und auch niemanden, der anderen etwas Schlechtes tut. Wir sind Muslime.

Ich bereue keinen einzigen Tag, mich für den Islam entschieden zu haben. Gott zeigte mir seine Liebe, holte mich aus der Armut, machte mich gesund, gab mir einen Schlafplatz, gab mir Essen und eine Familie. Wir Muslime sagen dazu:

Alhamd lilah!
Gott sei Dank!

Ich danke dir für deine ehrlichen Worte. Kehren wir nun zurück zu deiner Vergangenheit ...

Ich kam ungefähr eine Woche nach meiner Ankunft in Deutschland ins Elisabeth-Krankenhaus in Herten. Ein trostloser Raum, erhellt von gelb und rot leuchtendem Glühen der Apparate. Die Unheimliche Stille eines Krankenhauses – jede Nacht verfolgten mich Alpträume.

Ich sah in meinem Träumen überall Leichen und verstümmelte Menschen. Das ist der Grund, warum ich damals immer wieder ins Bett machte. Es gab Tage, da wachte ich schweißgebadet auf und mein ganzer Körper zitterte. Es war eine Qual.

Ich lehnte jeden Besuch ab. Mein Herz färbte sich dunkel. Ich verhielt mich beleidigend und frech zu Verwandten und Freunden meines Vaters. Und ich vermisste meine Oma, die für mich die Mutterrolle hatte. Ab und zu sollte ich irgendwelche Pillen schlucken, überall fremde Gesichter. Am schlimmsten fand ich, dass es nicht mal möglich war, jemandem deinen Schmerz zu erklären, weil du die Sprache nicht sprechen konntest. Also schloss ich mein Brennen, meine Erinnerung, tief in meinem Herzen ein und schwor damals, es nie irgendjemandem zu erzählen.

Eines Morgens saß ich in einem Raum mit einem Arzt, der mir Blut abnahm. Er erlaubte mir, anschließend bei der Untersuchung eines anderen Jungen dabei zu sein. Also hockte ich ruhig auf meinem Stuhl und beobachtete die Szenen. Als er uns für ein paar Minuten alleine ließ, zeigte mir der Junge die Zunge und lächelte mich an. Dies verwirrte mich, ich konnte es nicht zuordnen.

Meine Augen wanderten von ihm weg und ich betrachtete den Raum. Dann sah ich eine männliche Person aus Holz an der Wand hängen. Er hatte seine Füße dicht beieinander und seine Arme waren auseinandergestreckt – er symbolisierte ein Kreuz. Der Mann wirkte sehr traurig. Es handelte sich um genau dasselbe Symbol, was damals an der Wand hing, als ich mit Dada in diesen schrecklichen Raum eingesperrt wurde. Und da überkam mich eine unglaubliche Angst. Bilder von Schlägen bohrten sich in meinen Kopf.

Ich sah den Jungen an und wie gelenkt stand ich auf, griff nach ihm und riss ihn mit aller Kraft auf den Boden. Ich schlug ihm ins Gesicht und hielt seinen Mund dabei zu. Er versuchte sich immer wieder zu verteidigen, indem er meine Schläge abwehrte. Ich fühlte mich wie in einem Rausch, spürte die große Angst, die in meinen Adern strömte, und schlug noch fester zu, bis er anfing, aus dem Mund zu bluten.

Als ich hörte, wie der Arzt wieder ins Zimmer rannte, löste ich mich vom ihm und legte mich auf den Boden. Ich atmete schwer, mein Herz pochte wie verrückt und der Junge krümmte sich vor Schmerzen. Ich hob meine Hand nach oben und betrachtete sie. Sie war mit seinem Blut verschmiert. Was ich da sah, gefiel mir. Ich blickte wieder nach rechts und sah das Jesus-Symbol. Ich habe es gehasst.

Meine Eltern holten mich am selben Abend ab und ich musste die letzten zwei Tage in ein anderes Krankenhaus gebracht werden. Sie sagten zu meinem Vater und der Mutter, es wäre das Beste, mich in die Psychiatrie einzuweisen.

Ich kann es bis heute nicht vergessen, dieses Bild, wie er aus dem Mund blutet und ich immer wieder darauf schlage, bis meine ganze Hand vor Blut triefte.

Wie hast du denn deine Zeit in der Grundschule erlebt? Hattest du da nicht riesige Probleme?

Als ich in die Grundschule kam, hatte ich natürlich immer wieder Probleme. Ich prügelte mich täglich, störte oft im Unterricht, beleidigte jeden Erwachsenen und spuckte sie an. Mein Vater musste sogar in die Schulstunde bestellt werden. Ich war das reinste Chaos – ein respektloses Kind.

Alle waren sich sicher, mich in die Schule für geistig zurückgebliebene Kinder zu stecken. Jeder hatte die Hoffnung verloren, dass aus mir etwas Vernünftiges werden könnte.

Ich bedanke mich sehr, Keff – oder besser gesagt Kerfala –, für dieses Gespräch.

Aber eine Frage brennt in mir noch auf der Seele: Wie konnte ein Mensch mit so viel Hass, Trauer und Gewalt im Leben Texte und Gedichte mit so reiner Liebe und Hoffnung schreiben, mit so vielen Gefühlen, und das alles schon ab 15 Jahren? Ich meine, was ist damals passiert?

Ich ging damals auf die Barbaraschule in Bertlich-Herten. Der Grund war meine Grundschullehrerin. Ich besuchte die dritte Klasse und wie schon erklärt, war ich ein Unruhestifter. Aber meine Lehrerin mochte mich sehr. Sie schlug meinen Eltern vor, dass ich ein Wochenende bei ihrer Familie verbringen dürfte. Heute ist mir bewusst, dass ich ohne sie niemals solche Texte geschrieben hätte. Niemals wäre mir dieser Hass genommen worden.

Wir fuhren damals nach Dorsten. Als wir vor ihrem zu Hause anhielten, staunte ich über die riesen Unterkunft, die sich über zwei Etagen erstreckte. Wir bewegten uns ins Haus. Ihr Mann und ihre ältere Tochter begrüßten mich herzlich.

„Hallo Kerfala, willkommen bei uns.“

So viel Freundlichkeit war mir unheimlich. Der Ehemann sah mit seinen grauen Haaren, dem schwarzen Bart und der großen, runden Brille sah aus wie ein Wissenschaftler. Sie hatten eine hübsche Tochter: groß, dünn, blaugrüne Augen. Sie müsste damals 22 Jahre alt gewesen sein.

Meine Lehrerin zeigte mir im Obergeschoss mein Zimmer. Als sie die Tür öffnete, fühlte ich mich von der Schönheit überwältigt. Der Raum war mit warmen Tönen eingerichtet und mit Bett, Fernseher, Schreibtisch und weiteren Komfortmerkmalen ausgestattet. An den Wänden hingen viele Urlaubsfotos der Familie, vor allem viele von der Stadt Paris.

„ Wenn du fertig bist, kommst du einfach runter, okay?“

Ich nickte. Als sie die Tür hinter sich geschlossen hatte, sprang ich auf das Bett und schrie ins Kissen hinein. *Was für ein schönes Haus und was für ein tolles Zimmer*, dachte ich mir. Ich war nervös, neugierig und glücklich zugleich. Zum ersten Mal verließ ich mein Zuhause und übernachtete bei einer deutschen Familie. Nachdem ich meine Klamotten gegen eine Jogginghose und ein Shirt wechselte, ging ich vorsichtig runter. Ein schöner gedeckter Tisch strahlte mich an.

„Du hast sicherlich Hunger, oder?“ Der Vater bat mich freundlich, Platz zu nehmen.

Auf dem Tisch standen viele Köstlichkeiten. Zuerst gab es die Vorspeise – eine neue Welt für mich. Man begann mit einer kleinen Mahlzeit, um danach die richtige Speise zu sich zu nehmen? In Kongo hätte mich schon die Vorspeise allein glücklich gemacht. Dann folgte ein Gericht aus Kartoffeln mit Gemüse und Hackfleisch, alles mit Käse überbacken. Ich aß und trank wie ein König. Die Familie war sehr fröhlich und redselig, eine echte Bilderbuch-Familie. Manchmal lachte ich mit, um danach zu erkennen, dass ich keinen blassen Schimmer hatte, worüber sie scherzten.

„Kerfala, wenn du willst, zeige ich dir unser Haus, okay?"

Ich nickte wieder, und fand die Idee ziemlich cool. Wir kamen zuerst ins Arbeitszimmer der Lehrerin. Die ganze Wand stand voller Bücher.

„Sie haben aber viele Bücher." Dabei streckte ich meinen Kopf nach oben.

„Bücher sind wichtig, Kerfala. Nur so trainierst du deinen Geist und deine Seele. Das Lesen ist eines der ältesten und schönsten Hobbys."

Dann nahm ich ein Buch aus den Regalen raus, das am schönsten aussah.

„Das ist ein ganz besonderes Buch, was du da rausgenommen hast."

Ich fragte sie nach dem Grund und betrachtete das Buch.

„Dieses Buch schrieb Rainer Maria Rilke. Er war ein Lyriker, Poet und Dichter. Er konnte mit Worten Menschen berühren, zum Nachdenken bringen und sie sogar zu Weinen bringen."

„Nur mit den Worten?"

„Ja, Kerfala. Es ist eine große Kunst, aber eine sehr schöne. Auch du kannst das."

„Ich?" Ich zeigte skeptisch mit dem Zeigefinger auf mich selbst. „Aber mein Deutsch ist schlecht, die würden mich auslachen."

„Um die deutsche Sprache brauchst du dir keine Sorgen zu machen. Du solltest erst mal deine Seele und dein Herz reinigen." Sie nahm eines der Bücher, die auf dem Schreibtisch lagen. „Wenn du magst, können wir uns in den zwei Tagen intensiver damit verfassen. Ich bringe dir bei, wie du Gedichte schreibst und wie du Texte verfassen musst, damit es alle Menschen verstehen können. Ich zeige dir das Geheimnis eines emotionalen Textes. Es ist wichtig, dass du Worte zum Leben erweckst.

„Und dann werde ich ein großer Star wie Michael Jackson?"", fragte ich lächelnd.

„Du wirst noch größer, Kerfala. Du wirst der Größte werden. Du wirst die ganze Welt erobern und dann wirst du ein großartiger Schriftsteller."

„Was ist ein Schriftsteller?"

„Jemand der Bücher schreibt."

„Worüber soll ich den schreiben?"

„Eines Tages wird dir etwas einfallen, wovon die Welt erfahren muss."

Ich nickte und fand es ziemlich spannend, dass man nur mit Worten Herzen berühren konnte.

Wir befassten uns die zwei Tage intensiv mit Lyrik, Gedichten und Poesie. Sie zeigte mir die besten Texte und wir verschlangen unzählige Bücher. Ich trug einige Gedichte laut vor, danach las sie mir welche vor und befahl mir, die Augen zu schließen. So sollte ich Worte und Sätze besser fühlen. Dann fing ich an, selbst einige Texte zu verfassen, inspiriert von den größten und besten Lyrikern und Dichtern Deutschlands. Ich blühte förmlich auf und erlebte etwas Schönes, nämlich die Freude am Schreiben und Emotionen wecken.

Zu Hause angekommen, fing ich an, weiter zu schreiben. Mein Herz veränderte sich und allmählich lernte ich die Liebe kennen. Ich nahm alles intensiver wahr, begann, mit 15 Jahren unzählige Gedichte, Texte und Poesie zu schreiben und verfiel immer dem tiefen Wunsch nach Liebe – der totalen Liebe. Aus dem aggressiven, gewalttätigen Jungen wurde ein Mensch mit weichem Herzen. Meine Lehrerin zog zwei Monate später, nachdem ich sie besuchte, mit ihrem Mann nach Frankreich, um für eine Zeitschrift Rezensionen über Bestseller-Bücher zu verfassen. Ich versprach ihr, niemals mit dem Schreiben aufzuhören.

Fünf Jahre später kam ich in die Theodor-Heuss-Schule in Herten. Unser Lehrer gab uns die Aufgabe, selbst einen Text zu schreiben. Zuerst wollte ich die Stunde schwänzen, weil ich mich nicht traute.

„Warum hast du Angst? Wenn du es niemandem zeigst, wirst du niemals erfahren, ob du gut bist."

Aaliyah lächelte mich an, als sie diese Worte sagte. Wir saßen auf einer Bank im Pausenhof und beobachteten die anderen Schüler beim Spielen.

„Die werden mich für schwul halten“, seufzte ich.

Sie strich sich ihre schwarzen Haare aus dem Gesicht. „Ist doch scheißegal, was andere denken. Ich werde dir die Daumen drücken.“

Meine Laune verbesserte sich. Mir wurde warm ums Herz, als wir uns in die Augen schauten. *Vielleicht sollte ich ihr mal vorschlagen, etwas mit mir zu unternehmen. Vielleicht hat sie Lust, meine Freundin zu werden,* dachte ich. Als ich genug Mut getankt hatte, um die Gedanken auszusprechen, riefen die anderen Mädels nach ihr. Sie stand auf, ich blieb alleine sitzen. Mit schnellen Schritten lief sie zu ihren Freundinnen. Keines der Mädchen in der Klasse war so schön wie sie ...

Es war mir eine Ehre, so einen Menschen wie dich kennengelernt zu haben. Es freut mich sehr, wie du dich entwickelt hast. Aus dem kleinen Keff ist wirklich ein Buchautor geworden. Glaubst du, wir sollten den Leuten sagen, wer ich bin?

Ich denke, derjenige oder diejenige, der dieses Buch gerade liest, ahnt es schon. Es tat gut, dich wiedergesehen zu haben. Grüße deine Tochter und deinen Mann von mir.

Kapitel 1

Die Liebe hat mich gefunden

***

Ich danke dir, dass du an meiner Seite warst, als ich im Krankenhaus lag. Ich denke, wir beide hatten nicht den besten Start. Du hast einen sehr großes Herz, Keff. Obwohl ich am Ende war, hast du meine Hand niemals losgelassen.

Ich weiß, dass es keine Ausrede gibt für das, was ich im Badzimmer getan habe. Aber irgendwann wurde der Schmerz so unerträglich, dass selbst du mir keinen Trost mehr geben konntest. Doch als ich es überlebt und gesehen habe, wie du fast jeden Tag bei mir warst, gab mir das Hoffnung – Hoffnung auf ein besseres Leben. Ich war krank, Keff, und du hast mich geheilt. Mein Dank ist groß. Und Aaliyah hatte Recht, als sie mir von dir erzählte. Denn Gott liebt dich, Keff, und ich tu's auch.

Ich danke dir für Aisha. Sie schläft gerade, während ich dir das hier schreibe. Ich freue mich, dich im Winter 2017 wiederzusehen, und dann werden wir es beenden, das dritte und letzte Buch.

Danke, dass du mir erlaubt hast, am Anfang jedes Kapitels meinen Schmerz und mein Leid zu Papier zu bringen. Dafür bin ich dir ewig dankbar.

Deine Leyla

***

„Sie können anfangen, Herr Vidala.“

Die Stimme katapultierte mich wieder in den Saal. Ich machte meine Augen auf. Die Erinnerungen wurden kleiner und kleiner, bis es nur noch winzige Punkte waren.

„Also, ehm ...“, redete ich schüchtern und nervös ins Mikrofon und staunte darüber, dass man meine Stimme im ganzen Saal laut und deutlich hören konnte.

Alle Blicke waren scharf auf mich gerichtet. Ich öffnete langsam mein Blatt, atmete tief ein und wieder aus und bewegte meine Lippen zum Mikrofon.

(Mein letzter Poetry-Slam-Auftritt, Ort: Bochum; Es ist meiner Meinung nach der beste Text, den ich je geschrieben habe.)

Ich stehe vor einem zerbrochenen Glas, das mein Leben widerspiegelt. Manchmal will ich aufgeben oder wenigstens eine kleine Pause machen. Eine kleine Pause von etwas, was mich zu den gemacht hat, was ich heute bin.

Es ist der **Tod**, und heute will ich dem Tod etwas sagen:

Ich habe so oft geweint, dass ich dir sagen möchte, es ist genug. Ich habe genug Tränen vergossen für Menschen, die zu früh gingen. Ich habe mich von geliebten Menschen trennen müssen und wenn ich sage, es ist genug, dann sei bitte barmherzig mit mir. Ich ertrage es nicht mehr.

Du hast mir so viel Schmerz gebracht, dass ich mich wie ein Soldat fühle, der aus dem Krieg kommt, so nutzlos und voller Schuldgefühle.

Und während der Tod mir zuhört, mache ich einen Stopp und rufe nach der **Liebe**, denn auch der Liebe will ich etwas sagen:

Der Tag, an dem ich zu lieben begann, war der Tag, an dem ich angefangen habe zu leiden. Ich habe so oft an dir gezweifelt, weil ich oft sah, wie du mich im Stich gelassen hast. In den schlimmsten Momenten in meinem Leben warst du nicht da, und deshalb frage ich dich vor allen anderen hier:

Wirst du ab heute für mich da sein, wenn ich nicht mehr kann, wie eine Mutter für ihr Baby, wenn es weint?

Während die Liebe Tränen bekommt und sich nicht traut zu antworten, sehe ich die **Hoffnung,** wie sie versucht, sich zu verstecken. Auch der Hoffnung will ich etwas sagen:

Hoffnung, ich habe dich so oft verloren. Ich habe dich verloren, als Dada starb, als Johanna starb, als Aaliyah starb, und heute verliere ich dich immer wieder, wenn meine Brüder und Schwestern im Glauben verfolgt und ermordet werden. Wenn Kinder in Krieg sterben, verliere ich dich zu oft. Und immer wieder sagst du zu mir dasselbe: Ich solle dich niemals vergessen. Aber ich frage dich hier und jetzt:

Wann hört es endlich auf?

Die Hoffnung geht zur Vergebung, zeigt mit dem Finger auf sie.

Enttäuscht drehe ich mich zur **Vergebung**, denn auch ihr will ich etwas sagen:

Weißt du, warum es mir so schwer fällt zu vergeben? Weil heutzutage niemand sich ändern möchte, jeder denkt nur an sich. Wie soll ich vergeben, wenn Vergebung nicht geschätzt wird? Wie soll ich vergeben, wenn keiner daraus lernen will? Ich kann nur schwer vergeben, weil Menschen mich immer und immer wieder enttäuschten.

Plötzlich schaltet sich der **Glaube** ein, stellt sich mit breiter Brust vor mich. Ich lasse mich davon nicht einschüchtern und auch für ihn habe ich einige Passagen parat:

Ich habe meinen Glauben verloren, weil du mich schwach gemacht hast.

Während der Glaube Tränen fließen lässt, versucht die **Menschlichkeit** ihn zu trösten. Ich schaue die Menschlichkeit an:

Menschlichkeit, du wirst immer weniger genutzt, obwohl du so wichtig bist für uns, aber keiner interessiert sich mehr für dich. Wir brauchen dich, aber seit es überall Krieg gibt, Flüchtlinge nach Deutschland kommen und der Rassismus größer wird, haben die Menschen dich vergessen.

Ich wünsche mir **Gerechtigkeit** und **Barmherzigkeit** hier hin. Aber beide trauen sich nicht, sich mir zu offenbaren.

Ihr sagt, ich soll mutig sein? Mut für Veränderung? Was hat sich in den letzten Jahren verändert? Die Jugend wird verdorbener, irreligiöser, skrupelloser. Die Jugend wird gewalttätiger. Also woher soll ich meinen Mut herbekommen?

Plötzlich regt sich **Geduld** auf, dreht sich zu mir und sagt, dass ich ein undankbarer Mensch bin, ich sollte mich schämen.

Ich frage dich, Geduld: Ich war immer geduldig, aber wo warst du, als ich Geduld gezeigt habe? Es hatte sich nichts geändert.

Ich möchte diesmal mit **Gott** sprechen, denn auch ihm habe ich etwas zu sagen. Aber niemand antwortet und ich frage nochmals, wo Gott sei.

Die **Liebe** hebt die Hand: Ich bin Gott. Nach der

Reihenfolge heben **Hoffnung**, **Vergebung**, **Glaube, Menschlichkeit**, **Gerechtigkeit, Barmherzigkeit** und die **Geduld** die Hand. Und unerwartet auch der **Tod**. Plötzlich fasst jeder die Hand des anderen, und langsam verschmelzen alle ineinander. Ein starkes Licht blendete mich, ich vermag nicht hinzuschauen.

„Wer bist du?“, frage ich das Licht.

Es antwortete:

„Ich bin es, dein Gott, der dich erschaffen hat.

Jedes Mal, wenn du die **Hoffnung** verloren hast, hast du mich verloren.

Jedes Mal, wenn du die **Liebe** nicht mehr gespürt hast, hast du an mich gezweifelt.

Jedes Mal, wenn du keinen **Glauben** mehr hattest, hattest du keinen Glauben mehr zu mir.

Warum bist du traurig, mein Kind? Du hast Menschlichkeit von deiner Stiefmutter bekommen, sie hat dich als ihren Sohn aufgenommen und dich gekleidet, gewaschen, zu einem guten Jungen erzogen. Deine Mutter ist der Beweis für die **Menschlichkeit**.

Du kannst nichts **vergeben**? Ich habe dir oft vergeben, mein Kind. Als du gesündigt hast, als du schlimme Dinge getan hast, jedes Mal, als du zu mir gebetet hast und um Vergebung gefleht hast, habe ich keine Sekunde lang gezögert, dir zu vergeben. Wie kannst du also anderen Menschen nicht vergeben? Ich vergebe dir sogar deine schlimmsten Sünden. Wieso kannst du anderen nicht mehr vergeben?

Ich gab dir Hoffnung, als du am Boden lagst – die **Hoffnung** war Europa. Ich habe dafür gesorgt, dass du nicht stirbst. Ich habe dafür gesorgt, dass du gerettet wirst, weil ich dich liebe, mein Sohn. Ich werde immer **barmherzig** zu dir sein.

Ja, es stimmt, Gerechtigkeit gibt es nicht auf dieser Welt. Aber am Tag des Jüngsten Gerichts werde ich gerecht sein! Es wird die ultimative **Gerechtigkeit** herrschen.

Warum bist du traurig? Weil Dada tot ist? Weil Aaliyah tot ist? Ich bestimme über den **Tod** eines Menschen, ich lege sein Schicksal fest und ich weiß Dinge, die du nicht weißt, mein Kind. Warum zweifelst du an mir? Der Tod ist nicht das Ende. Für niemanden auf dieser Welt, der stirbt, ist es das Ende.

Bist du nicht gesund? Habe ich dich nicht reich gemacht? Gab ich dir nicht den Ruhm und die Aufmerksamkeit, um deine Träume zu verwirklichen? Warum bist du traurig? Sei zufrieden mit dem, was ich dir gab und noch geben werde! Sei dankbar! Das alles bewies ich dir, weil du **geduldig** warst.

Ich frage dich jetzt und heute: Schau, was du alles besitzt, schau, in was für einer Wohnung du lebst, schau deine Familie an. Habe ich dich jemals im Stich gelassen?

Ich bin Gott und ich bin die vollkommende **Liebe**. Jeder, der mich ruft, den werde ich erhören! Ich bin dein **Gott** und werde dich niemals verlassen!“

Ich breche in Tränen aus und sage:

„Der Herr fand mich, und weil der Herr Liebe ist,
hat mich die Liebe gefunden."

***

Die Menge klatschte und jubelte. Ich verbeugte mich und verließ die Bühne. Ich nahm mir fest vor, nie wieder eine Poetry-Slam-Bühne zu betreten.

„Herr Vidala, das war großartig! Sie haben ein Talent", sprach mich hinter der Bühne ein kräftig gebauter Mann an, die Haare chaotisch und uneben geschnitten. Sein Anzug war ihm eindeutig zu eng. Er stellte sich als einer der Verantwortlichen vor.

„Das war nichts Besonderes", antwortete ich und griff nach meiner Jacke, die an der Kleiderstange hing.

„Na, nicht so bescheiden sein. Wenn Sie wollen, kann ich Sie gerne für die nächste Poetry-Slam-Meisterschaft in Dortmund anmelden, Sie haben wirklich Talent. Wenn Sie weitermachen, kann etwas Großes aus Ihnen werden."

Ich überlegte kurz. Ich neben den ganzen Lehramt-, Psychologie- und BWL-Studenten, die sich alle für richtig krasse Poeten und Textgötter hielten? „Nein danke, keine Lust", sagte ich ihm kurz und knapp. Ich zog meine Jacke an und verabschiedete mich freundlich.

Sein erstauntes Gesicht über meine Absage verfolgte mich bis zu Tür.

Vielleicht wäre ich ja ein gefeierter Poerty-Slammer

geworden, wer weiß. Irgendwie habe ich das Gefühl, ich habe gerade ein Déjà-vu-Erlebnis.

Draußen angekommen, wartete ich auf dem Hof auf sie. Eine eisige Kälte hatte sich über Bochum gelegt. Ich schloss meine Arme zusammen, um die Wärme beisammenzuhalten. Dann öffnete sich langsam die Tür. Als sie mich entdeckte, rannte sie direkt zu mir und umarmte mich. Ich erwiderte die Umarmung mit all meiner Liebe zurück.

„Hallo Aisha“, begrüßte ich sie und sie lächelte zurück. Es war ein schönes Gefühl, sie zu sehen. „Du bist ja schon viel größer geworden.“ Sie strahlte über beide Ohren.

Hinter Aisha stand Leyla, die geduldig darauf wartete, dass wir uns aus der Umarmung trennten. Ich ging zu ihr und schloss auch sie in die Arme. Eine tiefe Erleichterung verspürte ich dabei.

„Schön, dich wiederzusehen“, sagte ich ihr mit einem sanften Lächeln.

„Schön, dich wiederzusehen. Dein Auftritt war Bombe.“

Wir bewegten uns alle drei vom Hof weg in Richtung des Hauptbahnhofs.

„Wie läuft es mit deinem Buch?“ erkundigte sich Leyla.

„Ich werde erst in Stuttgart damit beginnen und es erst einmal auf Instagram veröffentlichen.“

„Es wird den Leuten gefallen.“

„Da bin ich gar nicht so sicher. Ich glaube, keiner

wird sich für meine Geschichte interessieren“, stöhnte ich.

„Doch, werden sie und dann wird es verfilmt werden, glaube mir“, antwortete sie aufmunternd.

„Wenn es erfolgreich werden sollte, werde ich auch über dich ein Buch schreiben.“

„Über mich?“, fragte sie erstaunt.

„Ja, ein Buch über dich, über uns.“

„Ich habe doch nichts Besonderes gemacht. Im Gegenteil, ich habe dich nur Nerven gekostet“, erwiderte sie unter der Brücke des Bochumer Hauptbahnhofs.

„Wenn du das dritte Buch schreibst, will ich dir dabei helfen. Ich habe Informationen und Hintergrundwissen, die dir wahrscheinlich helfen werden, das Buch abzuschließen. Ich will es mit dir beenden.“

Es freute mich sehr diese Worte zu hören.

„Nach Veröffentlichung des zweiten Buches werde ich nach Köln kommen und wir werden es gemeinsam beenden, versprochen.“

Vor dem Eingang des Bahnhofs musste ich schmunzeln, denn genau hier sah ich Alexandra zum letzten Mal und heute verabschiede ich mich genau hier von Leyla. Wir umarmten uns wieder, ich gab ihr einen sanften Kuss auf die Wange.

„Freunde für immer, Leyla.“

Sie strahlte mich an. „Freunde für immer, Keff.“

Ich umarmte Aisha noch einmal und verabschiedete mich.

„Aaliyah hatte Recht, als sie Amirah von dir erzählte. Wenn es um das Texteschreiben geht, bist du ein Genie. Du verstehst von der Liebe mehr als die meisten Männer. Ich bin froh, dich kennengelernt zu haben. Dein Buch wird die Welt erobern."

„In Sha Allah."

„In Sha Allah", antwortete Leyla zurück.

Ich nickte ihr zu. Dann ging ich auf die Knie und umarmte Aisha noch ein letztes Mal.

Sie lächelte und fragte mich: „Wie lange wird es dauern, bis wir uns wiedersehen, Onkel Keff?"

Ich flüsterte ihr ins Ohr: „Bis die Liebe uns findet."

NACHWORT

Hallo, meine liebe Leserin oder Leser,

du bist mit mir einen sehr langen Weg gegangen. Du kennst mein Schmerz und mein Leid. Du kennst meine Vergangenheit, meine Wünsche und Träume. Du gabst mir dein Vertrauen und hast mich unterstützt, meine Bücher gepostet und dafür gesorgt, dass die Welt sie kennenlernt, deinen Freundinnen und Freunden davon erzählt, deine Eltern und Verwandten. Du hast es getan, damit ein Teil dieser Welt die Liebe erkennt. Du bist mehr als nur ein/e Leser/in oder ein Fan. Du bist ein Teil dieser Geschichte.

Dafür umarme ich dich und sage DANKE.

Mir ist bewusst, dass viele Fragen noch offenstehen, vieles, was in diesem Buch nicht beantwortet wurde, vieles, was du noch nicht ganz verstehen kannst. Aber habe Geduld, das dritte Buch kommt und dann wird dir alles klar sein. Dann wirst du die komplette Wahrheit erkennen.

Aber ich will dir noch etwas sagen. Ich will dir ein Geheimnis verraten, das nur du und alle, die dieses Buch besitzen, wissen werden. Ich hatte mir fest vorgenommen, nur drei Bücher zu schreiben und nach dem dritten Buch Schluss zu machen, und so wird es leider auch sein. Ich werde danach nie wieder ein Buch veröffentlichen.

Ihr könnt euch gar nicht vorstellen, wie viele Nachrichten ich von gebrochenen Herzen bekomme. Täglich schreiben mir Menschen, die nach Hilfe schreien, die verzweifelt sind – betrogene Frauen und verlassene Männer, deren Seelen brennen. Manchmal schaffe ich es nicht, allen zu antworten, weil die Last zu groß wird.

Deshalb wird das dritte Buch ein sehr besonderes werden. Dieses Buch wird euch Kraft geben, eure Tränen trocknen, den Schmerz lindern und euren Hass verschwinden lassen. Dieses Buch wird euch zeigen, wie ihr Vertrauen zu anderen Menschen wieder aufbauen und euch von euren Schuldgefühlen befreien könnt und warum eine Trennung manchmal kein Ende, sondern ein Anfang für ein besseres Leben ist. Ihr werdet Freude am Leben entwickeln. Ihr werdet wieder glücklich werden, mehr lachen, mehr strahlen. Und dann, wenn eure Tränen getrocknet sind, werdet ihr die Wahrheit erkennen und bereit sein für eine neue, aufrichtige und respektvolle Beziehung.

Oben drauf gibt es noch etwas Besonderes in diesem Buch: alle meine unveröffentlichten Gedichte und Lyriken werde ich reinpacken, denn die habt ihr besonders geliebt. Das ist mein Geschenk an euch.

Es war mir eine Ehre, dir meine Geschichte zu erzählen. Ich freue mich, dich im dritten Teil wiederzusehen. Bleib wie du bist, denn so, wie du bist, warst du schon immer etwas Besonderes.

Wir wurden nicht geboren, um traurig zu sein ...

Euer Keff

Der erste Brief von Aaliyah

Hoffnung

Hallo Keff,

ich weiß gar nicht, wo und wie ich anfangen soll. Leider habe ich nicht dieses Talent, Sätze so gefühlvoll zu schreiben, dass sie berühren. Dieses Talent gehört dir. Dennoch gebe ich mir Mühe, ich verspreche es. Wenn du diesen Brief liest, bin ich längst in Libyen. Vielleicht lebe ich noch, vielleicht bin ich aber auch schon längst tot. Es tut weh, mich von dir nicht verabschiedet zu haben. Damit du mich verstehst, ist dieser erste Brief an dich gerichtet.

Du warst meine erste große und wirkliche Liebe. Zu wissen, dass ich dich nie wiedersehen werde, schnürt mit den Hals zu. Die schönen Momente, die wir hatten und nie mehr haben werden, machen mich glücklich und an manchen Tagen so unglücklich. Mir fällt dein schamvolles Lächeln ein, wenn wir beim Essen zusammensaßen und ich dich sekundenlang angeblickt habe. Als du in mein Leben kamst und ich die ersten selbst geschriebenen Texte las, hätte ich nie gedacht, dass so ein Mensch wie du existiert.

Ich habe durch deine Texte, die mit so viel Liebe zu

Papier gebracht wurden, Hoffnung geschöpft. Ich war am Ende, seelisch und körperlich. Du hast mir das Lieben nahegebracht und mir somit mein Herz geöffnet. Ich habe durch diese Texte meine Krankheit vergessen. Ich habe sie soweit vergessen, dass ich mir oft vorgestellt habe, dass wir mal heiraten würden. Ich hatte Hoffnung gehabt, Keff, aber der Arzt sagte, meine Krankheit ist unheilbar, dass ich mein dreißigstes Lebensjahr niemals erreichen werde. Ich hatte so einen Hass auf Gott, aber nur, weil ich nicht sterben wollte. Ich hatte so schreckliche Angst vor dem Tod, dass ich ohnmächtig wurde. Aber deine Texte, ich schwöre bei Allah, deine Texte sind leicht wie eine Feder, aber mächtig wie ein Berg.

Schau mal, Keff, auch ich beherrsche ein bisschen die Poesie. Ich weiß nicht, ob es gemein ist, so zu denken, aber ich hoffe, du leidest wenigstens ein bisschen an unserer Trennung. Denn nur so weiß ich, wie sehr du mich wirklich geliebt hast. Es war schön, dich wiederzusehen, und umso mehr tut es weh, dass es dir nicht gut geht, dass du selbst leidest.

Ich wollte nie, dass du einsam bist, Keff. Ich hatte nicht mehr viel Zeit, dein Herz zu heilen. Ich wollte dich retten, so, wie du mich gerettet hast. Bitte lies meine Tagebücher und finde Leyla, sie braucht deine Hilfe, Keff. Finde Leyla, und wenn sie dir nicht glaubt, nimm einen zettel und schreibe diesen Satz: **„Jeder Abschied ist ein neuer Anfang. Ich bin dein Anfang.“** Dann wird sie dich in ihrem Herzen empfangen. Sage ihr, es tut mir so leid, was ich ihr angetan habe.

Wann immer du auch traurig sein solltest wegen mir, konvertiere zum Islam und versuche ein guter Mensch zu sein, damit wir uns im Paradies in die Arme fallen können, den Allah sagte, wir werden unsere geliebten Menschen im Paradies wiedersehen. Du bist mein engster Vertrauter und wirst es auch im Paradies sein.

Keff, ich bin das Ende in deinem Leben. Du wirst eines Tages eine andere Frau finden, die dich lieben und ehren wird. Du wirst mit allem, was du noch machen wirst, sehr erfolgreich werden. Keff, du wirst ein Großer werden, ich verspreche es dir. Und dann wirst du Vater und irgendwann Großvater. Ich kann mir gut vorstellen, wie du als Opa mit grauen Haaren auf dem Kopf und grauem Bart deinen Enkelkindern von uns erzählst. Das hast du einfach verdient.

Fürchte dich nicht vor der Liebe, sie gehört zu Allah.

Aaliyah